Ein Tropfen Honig

Danksagung

Die Herausgeber danken der Albert Sevinc Stiftung für ihre großzügige Übernahme der Druckkosten.

Ein Tropfen Honig

Armenische
Fabeln und Märchen

Herausgegeben und übersetzt
von Tessa Hofmann und Gerayer Koutcharian

Bibliografische Information der Deutschen Nationalbibliothek:
Die Deutsche Nationalbibliothek verzeichnet diese Publikation
in der Deutschen Nationalbibliografie; detaillierte bibliografische
Daten sind im Internet über http://dnb.dnb.de abrufbar.

© 2019 Tessa Hofmann
Cover: Ornament designed by visnezh / Freepik
Satz, Umschlaggestaltung, Herstellung und Verlag:
BoD – Books on Demand, Norderstedt

ISBN: 978-3-7481-6421-0

Inhalt

Wardan Ajgekzi

(*Ende 12. Jh., †1250)

Die byzantinische Niederlage bei Manaskert (1071) gegen die aus dem heutigen Usbekistan nach Kleinasien vordringenden Seldschuken löste die erste große Welle in der an Flucht und Exil reichen Geschichte Armeniens aus. Aus der Massenflucht entstand eine dauerhafte Diaspora, zunächst in den südlich angrenzenden Gebieten, darunter auch Kilikien, wo sich im Schutz der Kreuzfahrerstaaten ein armenisches Königreich drei Jahrhunderte lang – von 1080 bis 1375 – behaupten konnte.

In diesem kilikisch-armenischen Reich wirkte auch der gelehrte Geistliche (Archimandrit), Wanderprediger und Mönch Wardan Ajgekzi. Im engeren Sinn stammte er jedoch nicht aus Kilikien, denn er kam um das Jahr 1170, vielleicht auch erst Ende des 12. Jahrhunderts im Weiler Marathon (arm. Marat) bei Aleppo (Nordsyrien) zur Welt kam und bezeichnete sich deshalb als »Wardan, der aus Marat stammt«; als mögliche Todesdaten finden sich die weit auseinanderliegenden Jahre 1235 bzw. 1250. Wardan erhielt seine Ausbildung im Kloster Arkakagin (nördlich der kilikischen Hauptstadt Sis) und trat in der kirchenpolitischen Auseinandersetzung seiner Zeit gegen die Annahme der byzantinischen Doktrin (»Chalkedonense«[1]) ein. 1210 zog er sich vor Verfolgungen oder wegen der angespannten politischen Lage in das Kloster Ajgek zurück. Wardan hinterließ ein umfangreiches literarisches Erbe: Lehrbriefe, Predigten, Fabeln, Gleichnisse sowie 22 im Auftrag seines fürstlichen Gönners Balduin verfasste Reden (1212).

Sein mit Abstand bekanntestes Werk ist die auf Mittelarmenisch verfasste Fabelsammlung *Das Fuchsbuch*. Sie beruht auf antiken Fabeln des Äsop[2] (6. Jh. v. Chr.) und der Naturlehre des *Physiologos* (2. Jh.), die den Tieren christliche Tugenden zuschrieb und vermutlich um das Jahr 600 aus dem Griechischen ins Armenische übersetzt wurde. Doch auch die im Volk überlieferten allegorischen Märchen, Anekdoten und satirischen Schwänke inspirierten Wardan Ajgekzi. Letztere enthielten gesellschaftskritisches bzw. antiklerikales Gedankengut, wie es die heterodoxen, von der offiziellen Kirche als ketzerisch gebrandmarkten Massenbewegungen der Paulikianer[3], später der Thondraken[4] im Volk verbreitet hatten.

Die erste eigenständige Sammlung mit 190 Fabeln und Gleichnissen legte der in Nordarmenien wirkende Abt Mchitar Gosch († 1213) an, der auch das erste armenische Gesetzbuch verfasste. Gosch ordnete die Fabeln nach Stoffen und handelnden Personen. Wardan Ajgekzi war eine solche Systematik unbekannt. Wie schon Mchitar Gosch stellte er die Fabel wegen ihrer Lehr- und Gleichnishaftigkeit in den Dienst der effektvollen Verbreitung seiner Überzeugungen. Während die Aussagen der von Mchitar Gosch ausgewählten Fabeln die Gerechtigkeit betonen und damit dem Zweck des von ihm verfassten Kodex dienen, nutzte sie Wardan zur Illustration seiner Moral- und Sittenpredigten. Er begründete damit eine neue literarische Mischgattung, die *arakawor tschar* (»Fabelrede«), der sich Priester und Lehrer zunehmend bedienten. Doch nicht alle Fabeln dienten der Belehrung; viele sind, wie es bei europäischen Fabeldichtern erst ab dem 17. Jahrhundert zur Regel wurde, satirisch-unterhaltend gemeint. Denn Fabeln dienen nicht allein der Belehrung, sondern ebenso der Unterhaltung ihrer Hörer oder Leser (»fabula docet et delectat«).

In den Tierfabeln tritt das seit dem Altertum bekannte Personal auf: Der titelgebende Fuchs galt auch Wardan Ajgekzi als das klügste bzw. schlauste Tier im Tierreich, dessen Herrscher der Löwe ist. Wölfe stehen für Grausamkeit und Unbildung, Ziegen für Unschuld und Naivität. Doch auch Kamele und Schlangen treten auf bzw. entspringen der nahöstlichen Heimat Ajgekzis. Das menschliche Personal ist weniger diversifiziert: Witwen verkörpern die Armut, Fürsten und Könige die weltliche Macht, aber auch Willkür und Arroganz.

Zusammen mit einigen eigenen Erfindungen vereinte Wardan Ajgekzi die Fabeln zu zwei kleinen Sammlungen. Seine Bearbeitungen wagen den Zweifel an bisher unhinterfragten Adelsprivilegien und prangern den auch im geistlichen Stand verbreiteten Sittenverfall sowie Dummheit und Heuchelei an. Mit diesem Bezug auf aktuelle soziale und moralische Missstände geben Wardan Ajgekzis Fabeln bzw. die später unter seinem Namen erschienenen Fabeln wichtige Aufschlüsse über die Sitten und Moralvorstellungen im mittelalterlichen Armenien. Zur allgemeinen Verständlichkeit wurden sie in zeitgenössischer Umgangssprache verfasst und zeichnen sich durch bildhafte Redewendungen aus.

Um das wachsende Bedürfnis an Fabeln und gleichnishaften Erzählungen zu befriedigen, erschienen unter dem Namen Ajgekzis sowie unter wechselnden Titeln immer neue Fabelsammlungen, von denen die umfangreichste den Titel *Arowessagirk* (neuarmenisch: Arwessagirk – Fuchsbuch) trägt. Für arabischsprachige Christen wurde sie ins Arabische (*Kitab amtal at-ta'alib*), danach ins Georgische (*Melis cigni*) übersetzt. Auch wurden vermutlich aus Wardans Reden und Predigten die Fabeln herausgelöst und, zum Teil verstümmelt und verändert, unter seinem Namen in Umlauf gebracht. Auf dem Umweg über die arabische Version entstanden Sekundarübersetzungen in verschiedene europäische Sprachen, die wiederum die europäische Fabeldichtung anregten. Die mittelarmenische Originalfassung des *Arowessagirk* erschien zudem ab dem 17. Jh. in europäischen Druckereien armenischer Kolonien (Amsterdam 1668, Marseille 1676, Livorno 1698). Der armenische Schriftsteller Axel Bakunz (1899-1937) übertrug das *Fuchsbuch* ins Neuarmenische. 1975 diente es als Grundlage eines sowjetarmenischen Zeichentrickfilms, 2002 wurden sechs Fabeln von Stepan Babatorosjan für Kammerchor vertont (*Choral Mystery*, Bühnenfassung von Juri Sahakjan).

Die hier vorliegende Übersetzung erfolgte nach der neuarmenischen Ausgabe von 1955[5] mit insgesamt 40 Fabeln.

Das Fuchsbuch

Die Rechnung für die Gerste

Ein Mann brachte auf seinem Lastesel von der Tenne Gerste nach Hause. Das Eselsfohlen lief neben seiner Mutter hin und zurück. Am Haus, zu dem sie die Gerste trugen, war ein Mastschwein angebunden, vor dem ein Haufen Gerstenkörner zum Fraß lag. Das Fohlen fragte seine Mutter: »Warum frisst das Schwein, ohne Arbeit zu leisten, die Gerste, die wir mit so viel Mühe tragen? Und wir, die wir uns schinden, bekommen nur einmal täglich Gerste?« Seine Mutter aber antwortete: »Hör, Kindchen, und hab Geduld! Warte noch eine Woche, dann antworte ich dir und du wirst es mit eigenen Augen sehen!«

Eine Woche darauf, als sie beladen nach Hause zurückkehrten, hörte das neben seiner Mutter laufende Fohlen entsetzliches Quieken, weil das Schwein geschlachtet wurde. Das Fohlen wich erschrocken zurück und lief zu seiner Mutter. »Was ist dir zugestoßen, Söhnchen, dass du so erschrocken bist? Hab keine Angst vor dem Schwein, denn von ihm verlangt man nun die Kosten für die Gerste zurück.«

Wieder waren sie zur Tenne gegangen, um Gerste zu tragen. Doch als sie nach Hause zurückkehrten, hob das Fohlen seinen Huf und bat die Mutter: »Schau doch mal nach, Mutter, ob nicht ein Gerstenkorn an meinem Huf klebt? Sonst rechnen sie die Kosten für die Gerste mit mir ab, wie sie es beim Schwein gemacht haben!«

Der Einsiedler und der Schäferhund[6]

Ein Einsiedler lebte in der Nähe eines Dorfes und verliebte sich in eine Frau, mit der er oftmals sündigte. Der Dorfschulze besaß einen Schäferhund, der ein sehr guter Wachhund war und das ganze Dorf bewachte. Eines Nachts, als der Einsiedler die Frau besuchen wollte, griff ihn der Wachhund am Dorfrand an und trieb ihn nach Hause, von Wunden bedeckt. Blutig und weinend begab sich der Einsiedler in seine Klause, verriegelte die Tür und kniete nieder. Sich die Brust schlagend, begann er zu beten: »Mein Herr und Gott, ich habe lange Zeit gesündigt und hatte weder Angst vor deinem Gericht, noch vor der bitteren Hölle. Aber in dieser Nacht hat mich ein Wachhund das Fürchten gelehrt, so dass ich nicht sündigen konnte!«

Die Witwe und ihr Sohn

Eine Witwe besaß zehn Ziegen und einen Sohn. Der trieb jeden Tag die Ziegen auf die Weide, und die Mutter streckte die Milch mit einer Kelle Wasser und verkaufte sie den Nachbarn. Der Sohn aber fragte: »Warum gießt du Wasser in die Milch und verkaufst sie so gestreckt den Nachbarn?«

Die Mutter erwiderte: »Kind, wir besitzen nur wenig Milch, und ich tue das, damit es etwas mehr wird und wir im Winter nicht hungern müssen.«

Doch eines Tages, nachdem der Sohn die Ziegen auf die Weide getrieben hatte, erschien am Himmel eine Wolke. Es begann zu regnen. Ein Sturzregen ergoss sich und riss alle Ziegen mit sich in den Fluss. Noch vor Anbruch der Dunkelheit kehrte der Sohn heim, allein, nur den Stock in der Hand. Seine Mutter fragte: »Kind, wo sind denn die Ziegen, und weshalb kommst du heute so früh nach Hause?«

Da antwortete ihr der Sohn: »Mutter, das Wasser, mit dem du die Milch gestreckt und den Nachbarn verkauft hast, hat sich angesammelt, Kelle um Kelle, und wurde zur Flut, die sich ergoss und alle unsere Ziegen davonschwemmte.«

Ziegen und Wölfe

Einst versammelten sich die Ziegen und sandten dem Volk der Wölfe folgende Botschaft: »Warum leben wir im Streit und nicht in Eintracht?«

Da kamen auch die Wölfe zusammen, freuten sich sehr und schickten dem Ziegenvolk einen Brief, zusammen mit zahlreichen Geschenken. Den Ziegen schrieben sie: »Wir haben euren Rat vernommen, der Herr sei gepriesen, denn das hat uns große Freude bereitet. Auch wollen wir euch zur Kenntnis bringen, dass der Hirte und die Hunde die Urheber und Schuldigen unseres Zwistes sind. Sind sie erst einmal aus dem Weg geschafft, wird es schnell zum Einvernehmen kommen.«

Als die Ziegen das vernahmen, stimmten sie zu: »Die Wölfe taten recht, uns zu töten, denn der Hirte und die Hunde setzten ihnen unseretwegen zu!«

Darum vertrieben die Ziegen die Hunde sowie den Hirten und gelobten, einhundert Jahre mit den Wölfen in Liebe und Eintracht zu leben. Und die Ziegen verstreuten sich über die Berge und Täler. Ihnen war froh zumute, sie spielten und jubelten, weil sie auf guten Wiesen weideten, saftiges Gras aßen und Quellwasser tranken. Sie tummelten sich, tollten herum und priesen den Anbruch einer besseren Zeit.

Die Wölfe aber warteten genau einhundert Tage ab. Dann rotteten sie sich in Rudeln zusammen, fielen über die Ziegen her und verschlangen sie.

Zwei Maler

Ein König ließ ein schönes Portal errichten, das er mit einzigartigen Bildern schmücken wollte. Damit beauftragte er zwei Maler, von denen ein jeder eine Wand gestalten sollte. Durch einen Vorhang waren beide Wände voneinander getrennt. Als die Maler ihr Werk vollbracht hatten, kam der König. Der eine Maler hatte ein überaus schönes Bild gemalt, das dem König gut gefiel. Doch der zweite Maler hatte noch gar nichts gemalt, sondern machte erst die Wand zurecht und putzte sie wie einen Spiegel.

Der König erstaunte und fragte: »Was hast du bis jetzt gemacht?« Der Maler erwiderte: »Ich zeige dir mein Werk!« Er zog den Vorhang zurück, und als das Licht auf die Wand fiel, spiegelten sich darin all die schönen Bilder, die auf der anderen Seite gemalt waren. Der König erkannte, dass das Abbild schöner als das Original war.

Die Löwin und die Füchsin

Die Löwin gebar ein Junges und rief alle Tiere herbei, es anzusehen und sich an ihm zu freuen. Da kam auch die Füchsin und begann während des Festes, inmitten der Menge, die Löwin laut zu schmähen und zu kränken: Darin wohl bestehe ihre ganze Macht, ein einziges Junges zu gebären, und nicht mehrere.

Gelassen erwiderte die Löwin:

»Es stimmt, ich bringe nur ein einziges Junges zur Welt. Aber es ist ein Löwe und kein Fuchs wie du.«

Der weise Richter

Ein Mann hatte eine böse Frau, die, als sie sich endgültig mit ihm überworfen hatte, sprach: »Glaubst du etwa, unsere drei Söhne sind von dir? Nur einer stammt von dir, die beiden anderen aber nicht.«

Als der Mann fragte, welcher denn sein Sohn sei, wollte es ihm die Frau nicht sagen. Auf dem Sterbebett verfügte darum der Vater:

»All mein Besitz gehört meinem leiblichen Sohn!«

Da begannen die Söhne miteinander zu streiten:

»Ich bin der wahre Sohn«, sagte der eine, »ich bin es«, widersprach der andere. Da gingen sie zu einem weisen Richter. Der befahl ihnen, den Leichnam des Vaters aus dem Grab zu heben und mit dem Pfeil auf ihn zu schießen: Wer dann den Vater träfe und seinen Körper durchbohre, der sei der wahre Sohn. Zwei Söhne durchbohrten den Körper des Vaters, aber der leibliche Sohn ging mit dem Messer auf sie los, brach in bittere Tränen aus und begrub den Leichnam. Daran erkannte man, dass er der leibliche Sohn war, und das väterliche Erbe fiel ihm zu.

Der Löwe, der Wolf und der Fuchs

Der Löwe, der Wolf und der Fuchs hatten sich verbrüdert und gingen gemeinsam auf Jagd. Sie fanden einen Hammel, ein Schaf und ein Lamm. Zur Mittagszeit sagte der Löwe zum Wolf: »Teilen wir diese Beute unter uns!« Da erwiderte der Wolf: »Gebieter, Gott selbst hat schon geteilt: dir den Hammel, mir das Schaf, und das Lamm für den Fuchs!«

Da schlug der Löwe dem Wolf erzürnt gegen den Kiefer, so dass dem Wolf die Augen hervortraten, er sich hinsetzte und in

Tränen ausbrach. Nun befahl der Löwe dem Fuchs, die Beute unter ihnen aufzuteilen. Der Fuchs aber sprach:

»Gebieter, Gott selbst hat schon geteilt: der Hammel gehört dir zum Mittagessen, das Schaf gereicht dir zur Vorspeise, und das Lamm zum Abendbrot!«

Der Löwe erwiderte: »Schlauer Fuchs, wer hat dich gelehrt, so trefflich zu teilen?«

»Die hervorgequollenen Augen des Wolfes«, antwortete ihm der Fuchs.

Wein

Ein König hatte einen Sohn und befahl seinen Beamten, dass ein jeder von ihnen seinen Sohn einen Tag lang bewirten sollte. Eines Tages brachte ein Beamter nach der Bewirtung den Sohn in den Palast zurück, dann kehrte er selbst heim. Der Prinz aber war stark betrunken. Er verließ den Palast und stürzte in eine Jauchegrube, wo er ertrank. Daraufhin befahl der König, alle Weingärten zu vernichten und alle Fässer zu zerschlagen. Und so geschah es.

Eine Witwe hatte einen Sohn, dem sie zum Frühstück und zum Abendbrot je eine Schale Wein gab. Eines Abends tötete der Sohn beim Spazierengehen den Löwen des Königs. Am nächsten Morgen ließ der König seinen Untertanen verkünden: Wer den Löwen getötet hat, soll sich melden, dann wird er nicht bestraft. Da meldeten sich die Witwe und ihr Sohn. Der König wollte wissen, wie der Sohn den Löwen getötet habe. Die Witwe erklärte, dass sie ihren Sohn mit Wein ernährt habe.

Da befahl der König, die Weingärten wieder anzulegen und den Wein so zu trinken, dass die Untertanen in die Lage versetzt werden, Löwen zu erlegen, ohne in der Jauchegrube zu ertrinken.

Der weise Oberesel

Am Königshof waren viele Esel tätig, doch gab es unter ihnen einen Oberesel, der weiser und größer als die übrigen war. Ihn verehrten alle als Vater und Anführer. Als sie eines Tages einen steilen Berg hinaufgingen, keuchte er, und aus seinem Hinterteil donnerte und krachte es gewaltig.

»Ehrwürdiger Vater, den Krach aus dem Vorderteil erzeugen wir alle. Aber was war das für ein gewaltiger Knall aus deinem Hinterteil? Wir bitten dich, sag es uns!«

Und der Oberesel erwiderte: »Meine Kinder, vor euch werde ich keinen Meineid ablegen, sondern die Wahrheit sprechen. Die Stärke des vorderen Kraches hat verhindert zu wissen, welcher Donner mir am Hintern kracht!«

Die törichten Diebe

Zwei Diebe stiegen auf das Dach eines reichen Hauses und waren gerade dabei, durch die Dachluke in das Haus hinabzusteigen. Es war mondhell. Der Hausherr bekam mit, dass die Diebe neben der Luke standen. Da fragte die Hausherrin ihren Mann: »Woher hast du all dieses Geld, Wertsachen und Seidenstoffe?« Der Hausherr antwortete ihr: »Ich ging in die Häuser der Reichen, um zu stehlen, stieg aus den Dachluken herab, und es war mondhell. Die Strahlen des Mondes leuchteten durch die Luke in das Haus, genau wie jetzt, und da packte ich die Mondstrahlen wie Säulen und kletterte in das Haus hinab und nahm alles an mich, was sich lohnte.«

Als die Einbrecher diese Geschichte vernahmen, freuten sie sich sehr und glaubten den Blödsinn. Die Strahlen umarmend, stürzten sie vom Dach und starben.

Das Schilfrohr und die Bäume

Ein König ritt aus, um sich in Tälern und auf den Höhen zu ergehen. Da erblickte er mächtige Bäume, die geknickt auf dem Boden lagen. Nur das Schilfrohr stand unversehrt und aufrecht. Der König fragte: »Sprich, Schilfrohr, wie kommt es, dass du überdauert hast, wo selbst mächtige Bäume niederbrachen?«

Das Schilfrohr erwiderte: »König, als der furchtbare Sturm losbrach, stemmten sich ihm die Bäume stolz in ihrer ganzen Höhe entgegen. Der Sturm hat sie gefällt. Ich aber beugte mich dem Willen des Sturms und habe so überdauert.«

Der Fürst und die Witwe

Es lebte einst ein böser und ungerechter Fürst. In derselben Stadt wohnte auch eine Witwe, der der Fürst mit Abgabeforderungen zusetzte. Doch die Witwe betete stets, dass der Fürst lange und in Frieden leben möge. Die dies vernahmen, hinterbrachten es dem Fürsten: »Trotz deiner Übeltaten betet die Witwe für dich!«

Da kam der Fürst zu ihr und wollte wissen: »Ich habe dir, Frau, doch nichts Gutes erwiesen! Warum also betest du für mich?«

»Dein Vater war ein schlechter Mensch. Ich verfluchte ihn, und er starb. Dann hast du sein Erbe angetreten, noch übler als er. Nun fürchte ich, du könntest sterben und dein Sohn sich als noch schlimmer erweisen als du es schon bist!«

Der weise Krieger

Ein weiser Krieger zog in die Schlacht. Er lahmte auf beiden Beinen. Einer der Soldaten sprach zu ihm: »Unglücklicher, wohin gehst du? Dich wird man auf der Stelle töten, denn du kannst ja nicht fliehen!«

Der weise Krieger antwortete ihm: »Törichter, ich ziehe nicht in den Kampf, um zu fliehen, sondern um standzuhalten, zu kämpfen und zu siegen!«

Der König und die Schlange

Einst lebte ein König, der eine Schlange liebgewonnen hatte, die ihm jeden Morgen eine Kupfermünze brachte. Da wurde dem König ein Sohn geboren, den er selbst aufzog. Den Körper des Kindes umwand er mit der Schlange, und so spielten die Schlange und das Kind miteinander. Doch als der Knabe herangewachsen war, ergriff er eines Tages beim Spiel den Säbel, schlug der Schlange den Schwanz ab und warf ihn zu Boden. Da erzürnte die Schlange. Sie biss das Kind, das auf der Stelle starb, und zog in ein anderes Land.

Als der König kam und sein totes Kind fand, das vom Schlangengift schwarz angelaufen war, und als er den zu Boden geworfenen Schwanz fand, verstand er, dass sein Sohn der Schlange den Schwanz abgehackt hatte, und Trauer erfasste den König. Er begrub seinen Sohn. Nach einiger Zeit aber ließ der König jener Schlange ausrichten: »Ich weiß, dass mein Sohn sich als erster versündigt und dir den Schwanz abgehackt hat. Da hast du ihn gebissen. Was geschehen ist, ist geschehen! Umsonst bist du fortgezogen! Kehr zurück, und wie einst werden wir einander ins Herz schließen und zusammenleben!«

Doch die Schlange erwiderte dem König: »Nein, so verhält

es sich nicht! Solange ich auf meinen abgehackten Schwanz blicke und du auf das Grab deines Sohnes, kann die Feindschaft zwischen uns nicht vergehen. Halten wir also besser Abstand voneinander, damit nicht noch Schlimmeres geschehe!«

Der Löwe, der Fuchs und der Bär

Der Löwe war erkrankt, und alle Tiere machten ihm ihre Aufwartung. Nur der Fuchs verspätete sich. Der Bär schwärzte ihn an, was jedoch der Fuchs von der Schwelle aus mitbekam.

Nachdem er eingetreten war, warf sich der Fuchs dem Löwen zu Füssen. »Zu unguter Stunde bist du, Dreister, erschienen«, sprach der Löwe zum Fuchs. »Warum kommst du so spät?«

Der Fuchs erwiderte: »Zürne nicht, gütiger König! Bei deinem Haupte schwöre ich, dass ich wegen deiner Gesundheit zahlreiche Ärzte aufgesucht und große Mühen auf mich genommen habe. Doch schließlich habe ich das passende Heilmittel für deine Krankheit erfahren!«

Da sprach der Löwe: »Sei willkommen, du kluges Geschöpf! Was ist denn das für ein Heilmittel?«

Der Fuchs erwiderte: »Ein höchst wirksames und zudem leicht zu beschaffenes Mittel! Die Ärzte sagten mir, man müsse einem lebendigen Bären das Fell abziehen und damit den Löwen zudecken! Sogleich zöge der warme Pelz alle Leiden aus dem Kranken!«

Nun befahl der Löwe, den Bären zu ergreifen, dem man den Pelz abzog. Verzweifelt schrie er auf. Der Fuchs aber erwiderte: »So geschehe es dir und all jenen, die am Hofe einen anderen anschwärzen!«

Ein Tropfen Honig

Ein Mann besaß einen Laden. Als er einst Honig verkaufte, fiel ein Tropfen davon zu Boden. Eine Wespe setzte sich darauf. Eine Katze lief hinzu und tötete die Wespe. Dann kam ein Hund und tötete die Katze. Da schlug der Besitzer des Ladens zu und erschlug den Hund. In der Nachbarschaft jenes Dorfes aber lag ein anderes, aus dem stammte der Hund. Kaum hatte der Herr des Hundes erfahren, dass der Krämer sein Tier erschlagen hatte, eilte er herbei und erschlug den Krämer. Darauf erhoben sich die Bauern beider Dörfer und zogen gegeneinander zu Felde. Es kam zu einem gewaltigen Gemetzel. Von beiden Parteien blieb nur ein einziger Mensch am Leben.

All dies geschah wegen eines einzigen Tropfens Honig.

Das Vermächtnis des Vaters

Ein weiser und armer Mann hatte faule Söhne. In seiner Sterbestunde rief er sie zu sich und sprach: »Kinder, meine Vorfahren haben einen Schatz in unserem Garten vergraben, doch werde ich euch die Stelle nicht zeigen. Nur derjenige wird den Schatz finden, der sehr fleißig und tief danach gräbt!«

Nach dem Tode des Vaters machten sich die Söhne voller Eifer an die Arbeit und pflügten die Erde tief, denn ein jeder bemühte sich, selbst den Schatz zu finden. Da blühte der Garten auf, wurde fruchtbar, gab reiche Ernte und beschenkte so alle Söhne mit seinen Schätzen.

Das Kamel, der Wolf und der Fuchs

Ein Kamel, ein Wolf und ein Fuchs befreundeten sich und begaben sich auf die Reise. Unterwegs fanden sie ein Fladenbrot und entschieden, dass der Älteste unter ihnen das Rechte habe, dass Brot zu verzehren. Nun erzählte jeder von seiner altehrwürdigen Abstammung. Der Fuchs behauptete: »Ich bin der Fuchs, der seinen Namen von Adam erhalten hat.« Der Wolf sagte: »Und ich bin der Wolf, den Noah in seiner Arche mitnahm!« Als das Kamel erkannte, wie die anderen behaupteten, älter zu sein, nahm es das Brot ins Maul und sagte: »Ob ich wohl der Junge von gestern bin, der solche langen Beine hat?« Und damit begann es, das Brot zu essen. Der Wolf und der Fuchs sprangen an ihm hoch, um ihm das Fladenbrot zu entreißen. Da es ihnen nicht gelang, ließen sie von dem Kamel ab.

Der Kranich als König der Vögel und der Esel

Die Vögel versammelten sich und beschlossen: »Wessen Stimme am kräftigsten schallt, den wollen wir zum König erheben!«

Da schwang sich der Kranich in den Himmel und erhob seine Stimme. Er gefiel den Vögeln, und so erwählten sie ihn zum König. Ein Esel kam herbei und sprach: »Helft mir, mich wenigstens einen Finger hoch in die Lüfte zu erheben, und ihr werdet feststellen, wessen Stimme noch viel kräftiger klingt!«

Der Ochse und das Pferd

Ein Ochse und ein Pferd stritten miteinander. Der Ochse sagte: »Wer bist du, und zu was bist du überhaupt nutze?« Das Pferd antwortete ihm: »Ich bin ein Pferd. Die Könige, die Fürsten und Edelleute schmücken mich mit Gold und Silber und reiten auf mir!« Der Ochse erwiderte: »Und ich bin der Wohlstand der ganzen Welt! Denn ich quäle mich, schufte und schaffe Mehrwert, damit du und dein König davon leben! Und alle Menschen leben von meinem Verdienst. Falls ich nicht arbeite, seid ihr, du und dein König, sofort tot. Daher sei nicht undankbar!«

Der Törichte und die Wassermelone

Ein Törichter besaß einen Dinar. Er ging in die Stadt, um sich einen Esel zu kaufen. Er wanderte in der Stadt und auf dem Markt herum, doch er fand keinen Esel für einen Dinar. So kam er wieder zum Markt zurück, wo er eine große Wassermelone erblickte. Entzückt fragte er: »Was ist das?« Und da die Verkäufer erkannten, dass er einen Narren vor sich hatten, sagten sie ihm, das sei ein indisches Eselsei, aus dem ein großer Esel entstehen werde. Voll Freude kaufte der Törichte die Melone für einen Dinar, und die Verkäufer rieten ihm, die Melone vorsichtig zu tragen, damit sie nicht zerbreche und der Esel nicht aus der Melone fliehe. Der Mann kehrte bergabwärts nach Hause zurück. Als er unterwegs ausrutschte, rollte die Wassermelone in den dichten Wald, aus dem alsbald ein Hase heraussprang und flüchtete. Der Mann glaubte, dass die Melone zerbrochen sei und der Esel auf der Flucht. So lief er hinter dem Hasen her und flehte: »Du indischer Esel… lauf nicht weg, hab Mitleid mit mir!«

Dem Esel wird ein Enkel geboren

Der Esel erhielt die Nachricht: »Freu dich, jubele und gib ein großes Geschenk, denn dir wurde ein Enkel geboren!« Doch der Esel erwiderte betrübt: »Weh mir, Freunde, selbst wenn mir hundert Enkel geboren würden, wird doch dadurch die Last auf meinem Rücken nicht leichter!«

Der Bettler und das Evangeliar

Ein Bettler kam in ein Dorf und ging in die Dorfkirche, die sehr baufällig war und durch die der Regen eindrang. Jener Bettler wurde völlig durchnässt. Ihn hungerte, er zitterte vor Kälte und war vom Wandern erschöpft. Da betrat der Pfarrer die Kirche und begann den Gottesdienst. Er nahm das Evangelium und las jene Stelle vor, wo geschrieben steht: »Ich war ein Fremdling, ihr aber habt mich aufgenommen. Ich war nackt. Ihr habt mich bekleidet. Mich hungerte. Ihr gabt mir zu essen. Mich dürstete, ihr habt mir zu trinken gegeben.«

Als der Bettler das vernahm, freute er sich: »Da ist von mir die Rede! Und bald werden sich meine Wünsche erfüllen!« Der Priester aber beendete den Gottesdienst, ging heim und ließ den Bettler in der Kirche zurück, ohne sich weiter um ihn zu kümmern. Der Bettler sprach: »Jene Schrift, aus der er gelesen hat, lügt.«

Und er nahm das Evangeliar, band einen Stein daran und warf es ins Wasser. Als der Pfarrer in die Kirche kam, fand er das Evangelium nicht und fragte den Bettler: »Wo ist das Evangeliar?«

Der Bettler antwortete: »Wozu brauchst du das verlogene Evangeliar? Ich habe es ins Wasser geworfen.«

Erzürnt begann der Pfarrer den Bettler zu schlagen, worauf

der Bettler sagte: »Warum schlägst du mich, Gewissenloser? Falls du glaubst, dass das Evangeliar das wahrhaftige Wort Gottes ist, warum erfüllst du nicht seinen Willen? Denn ich war ein Fremdling. Ihr aber habt mich nicht bei euch aufgenommen. Nackt bin ich, und ihr habt mich nicht bekleidet. Mich hungert, aber ihr gabt mir nichts zu essen. Mich dürstet, ihr aber habt mir nichts zu trinken gegeben. Hat etwa Gott, als er all diese Sachen brauchte, nur von sich selbst gesprochen?«

Vater und Sohn

Ein Mann hatte für seinen Sohn ein Mädchen gefreit. Der Sohn heiratete es, und nachdem er sich mit ihr vereinigt hatte, geriet er ob der ehelichen Pflichten in große Begeisterung, freute sich daran und begann den Vater über die Ehepflichten zu belehren. Der Vater aber erwiderte:

»O Söhnchen, aufgrund dieser Pflichten habe ich dich gezeugt, und du willst mich jetzt hierin unterweisen?«

Der Mann, die Walnuss und die Melone

Ein Mann pflanzte unter einem Walnussbaum einen Melonensamen. Zur Erntezeit kam er wieder und erblickte gewaltige Melonen. Am Baum jedoch wuchsen nur kleine Nüsse. Da sprach der Mann: »Herr, alle deine Geschöpfe sind angemessen und vernünftig. Nur diese beiden Früchte stimmen nicht und besitzen nicht ihresgleichen.«

Dem Mann schien nämlich, dass anstelle der Nüsse besser Melonen auf dem Baum wachsen sollten, die Nüsse aber auf dem Melonenstrauch. Er legte sich unter den Baum und blickte in den Wipfel. Da fiel plötzlich eine Nuss herunter, prallte ihm schmerzhaft auf die Stirn und verletzte sie, so dass es blutete. Der Mann sprang auf und rief:

»Herr, alles, was du geschaffen hast, ist richtig und vollkommen! Wem aber deine Schöpfung nicht gefällt, dessen Stirn geschehe Schlimmeres als der meinen! Denn hingen anstelle der Nüsse Melonen am Baum, so wäre es jetzt aus mit mir.«

Die Kirche und die Mühle

Eine Kirche prahlte mit ihrer Heiligkeit und sprach: »Ich bin der Tempel Gottes, und zu mir kommen die Priester und das Volk, um Gott anzubeten und die Messe zu feiern. Und im Einklang mit Gott und der Welt wird hier Absolution von den Sünden erteilt.«

Darauf erwiderte ihr die Mühle: »Alles, was du sagst, ist gut und richtig. Doch vergiss auch meine Tugenden nicht: Tag und Nacht arbeite ich und bringe hervor, was die Priester und das Volk verzehren. Und erst danach kommen sie zu dir, um zu beten und sich vor Gott zu verneigen.«

Der allerungebildetste Mensch

Ein König wollte einen Turm bauen. Doch so sehr man daran auch tags arbeitete, so wurde nachts doch alles wieder zunichte. Da rief der König seine Ratgeber zu sich und fragte sie nach dem Grund. Sie antworteten: »Falls du wünschst, dass ferner nichts mehr einstürzt, finde einen Ungebildeten und maure ihn in die Wand ein. Dann soll die Mauer hochgezogen werden. Der Turm wird fortan nicht mehr einstürzen!«

Der König sprach: »Trefft selbst die Auswahl und findet einen Ungebildeten, den man lebendig in die Wand einmauere!«

Die Weisen setzten sich zusammen, um herauszufinden, wo sie einen Ungebildeten finden könnten, und einer sprach: »Der Fischer ist ungebildet, denn er hat nicht mit den Menschen, sondern bloß mit dem Wasser und mit Fischen zu tun.«

Einige andere meinten, der Eseltreiber sei es, verbringe er doch den ganzen Tag mit seinem Esel und sein ganzes Leben mit Lasttieren, mit denen er durch Gebirge und Wälder zöge. Die einen schlugen den Seemann vor, die anderen den Hirten, der Sommer wie Winter mit den Schafen durch das Gebirge zieht, ohne je in ein Dorf oder eine Stadt herabzusteigen. Diesen Vorschlag nahmen alle an und wollten den Hirten herbeischaffen. Da sagte einer der Weisen: »Unser König hat einen Hirten, der in den Bergen unter Schafen geboren wurde, dort aufgewachsen ist und sein Lebtag kein Dorf und keine Stadt betreten hat.«

So sie entsandten zehn Reiter, um diesen Menschen herbeizuschaffen. Die Reiter fanden den Hirten, der gerade ein Schaf molk, und nachdem sie ihn begrüßt hatten, sprachen sie: »Der König ruft dich!«

»Ich bin in meinem ganzen Leben kein einziges Mal in einer Stadt oder einem Dorf gewesen. Warum also ruft er gerade mich?«

Sie aber verstellten sich und antworteten: »Das wissen wir nicht.«

Der Hirte richtete ein Gastmahl für sie aus, schlachtete ein Lamm, brachte Käse herbei, unterhielt seine Gäste und begann flehentlich zu bitten, dass sie ihm verrieten, warum man ihn herbeiriefe. Da sprachen die Reiter: »Man ruft dich aus dem Grund, weil die königlichen Ratgeber gesagt haben, dass man einen Ungebildeten in die Mauer einmauern muss, damit sie hält.«

Da lachte der Hirte und sprach: »Ungebildet und dumm sind doch jene Weisen, die eine solche Wahl getroffen haben!«

Und indem er ein Schaf herbeiführte, sprach er: »Ich werde euch meine Unwissenheit zeigen!« Dann sagte er: »Dieses Schaf trägt zwei Lämmer, ein männliches und ein weibliches. Das Köpfchen des einen ist weiß, das des anderen schwarz.« Und er schlachtete das Schaf, brachte die Lämmer zum Vorschein, und alles war genau, wie er vorhergesagt hatte. Und indem er ein weiteres Schaf herbeiführte, sprach er: »Dieses Schaf trägt ein Lamm, ein Böcklein, dessen Körper schwarz ist, das Köpfchen aber ist weiß.« Sie schlachteten auch dieses und sahen, dass es sich genauso verhielt.

Der Hirte sagte: »Von diesen beiden Herden, welche vor euch stehen, kenne ich ein jegliches Schaf. Ich weiß, welches trächtig ist und welches nicht, welches ein männliches und welches ein weibliches Lamm werfen wird, von welchen ein schwarzes und von welchem ein weißes oder geflecktes Lamm geboren wird. Können eure Weisen das ebenfalls erkennen?«

»Nein, niemals!« erwiderten die Reiter.

Da sprach der Hirte: »Dann wisst ihr auch, dass ich nicht jener Dummkopf und Ungebildete bin, den ihr sucht. Aber wenn ihr wollt, zeige ich ihn euch: Der König soll seinen Stellvertreter ergreifen, all seinen Besitz beschlagnahmen, ihn auf dem Marktplatz aufhängen und schwer foltern lassen, so dass es alle Städter sehen. Dann soll man den Stellvertreter verstecken und verkünden, er sei ermordet worden. Nach drei Tagen soll in der Stadt ausgerufen werden, dass derjenige, der das Amt des Stellvertreters übernimmt, dessen Besitz erhalte und zum Stellvertreter des Königs ernannt werde. Wenn aber ein solcher Mann, der das Geschick des bisherigen Stellvertreters mitangesehen und vernommen hat, wie jenem geschah, dennoch hervortritt und erklärt, er wolle Stellvertreter werden, dann ist er eben jener Dummkopf und Ungebildete. Ergreift ihn und setzt ihn lebendig in die Mauer, damit sie fürderhin nicht mehr einstürzt.«

Dies alles überbrachten sie dem König, und der König verfuhr so, wie es der Hirte geraten hatte. Als die Ausrufer in der Stadt verkündeten, dass derjenige, der die Pflichten des Ratgebers übernähme, dessen Besitz und Ländereien erhalte, kam ein Einfältiger angelaufen und erklärte, dass er das Amt übernähme. »Hast du gesehen, wie es dem Stellvertreter erging?« fragte man ihn, und er antwortete: »Ja, das habe ich gesehen!«

Da wurde er auf der Stelle ergriffen, fortgeschleppt und lebendig in die Wand eingemauert, die durch dieses Opfer befestigt wurde.

Der Fuchs und der Jäger

Der Jäger peinigte und quälte den Fuchs mit seinen Hunden. Der Fuchs sprach zum Jäger: »Ich flehe dich an, sag mir, warum du mich so quälst?« »Wegen deines Pelzes«, erwiderte der Jäger. Der Fuchs blieb stehen und rief: »Gütiger Gott, ich danke dir, dass er nur den Pelz begehrt! Und ich dachte, er wolle mich zum Abt der Geflügelzucht des Landkreises machen!«

Der Fürst und der Weise

Es lebte einst ein mächtiger Fürst, der einen wunderschönen Sohn hatte. Und der Fürst sprach: »ich werde ihm eine Schönheit freien, auf dass sie seine Frau werde und ich schöne Enkel zu Thronfolgern bekomme.«

Er warb eine schöne Braut, doch waren ihm noch keine Enkel geboren, als der Sohn starb und seine junge Frau zurückließ. Da wollte der Fürst selbst die Witwe seines Sohnes ehelichen und befragte die Ratgeber: »Besteht ein solches Gesetz?«

Und sie erwiderten: »Es gibt kein Gesetz, wonach sich der Vater mit seiner Schwiegertochter vermählen darf.«

Aber der Fürst wollte nicht auf seine Ratgeber hören und fand einen weiteren Weisen, der sehr beliebt war. Dieser sagte dem Fürsten: »Auf der Welt gibt es 72 Völker, von denen keines derartiges darf. Dir aber ist es erlaubt!«

Der Fürst fragte: »Warum ist den 72 Völkern verboten, was mir erlaubt ist?«

Der Weise erwiderte: »Ich fürchte den Grund zu sagen, denn du wirst mich töten!«

Der Fürst aber schwor, ihn nicht zu bestrafen, wenn er nur den Grund darlege. Darauf sagte der Weise: »Weil du außerhalb der Gesetze sämtlicher Völker stehst und es über dich keinerlei Gewalt gibt, kannst du tun, was immer dir gefällt!«

Der Fuchs und der Wolf als Briefbote

Der Fuchs fand ein Schriftstück, ging zum Wolf und sagte ihm: »So lange habe ich keine Mühe gescheut, um menschliche Fürsprecher zu finden, doch für dich habe ich vom Fürsten den Befehl erlangt, dass dir jedes Dorf, in das du gelangst, ein Schaf schenken musst!« Und so täuschte er den Wolf. Gemeinsam näherten sie sich einem Dorf. Der Fuchs blieb auf einem Hügel zurück und übergab dem Wolf das Schriftstück. Als der Wolf damit im Dorf eintraf, fielen von überall her Hunde und Menschen über ihn her, verprügelten ihn und zausten sein Fell. Blutend und mit knapper Not rettete sich der Wolf und kehrte zum Fuchs zurück. Der Fuchs fragte: »Warum hast du das Schreiben nicht vorgezeigt?«

»Gezeigt habe ich es, obwohl Tausende Hunde im Dorf waren. Doch keine von ihnen war lesekundig«, erwiderte der Wolf.

Die Witwe und ihr Stiefsohn

Eine Witwe besaß eine Kuh, ihr Stiefsohn aber einen Esel. Der Stiefsohn stahl der Kuh das Futter und gab es seinem Esel. Da betete die Witwe zu Gott, er möge den Esel töten. Stattdessen aber verendete die Kuh. Die Witwe brach in Tränen aus und rief: »Gott, solltest du wirklich nicht einen Esel von einer Kuh unterscheiden können?«

Der Gerechte

Ein Jüngling hatte das Gelübde abgelegt, niemals etwas zu essen, das nicht ihm gehörte. Eines Tages ging er an einem Flussufer entlang und sah, dass ein Apfel im Wasser trieb. Er ergriff ihn und aß ihn auf nüchternen Magen, als er sich seines Gelübdes entsann. Von Gewissensbissen gequält, ging er flussaufwärts, entdeckte einen Garten und erkannte, dass der Apfel aus diesem Garten stammte. Der Jüngling sprach zu dem Gärtner: »Sei barmherzig und nimm ein Entgelt für den Apfel oder verzeih mir, denn ich habe noch nie etwas Unrechtmäßiges gegessen!«

Der Besitzer des Gartens antwortete: »Die eine Hälfte, die mir gehört, soll dir zur Gesundheit gereichen. Für die andere, die meinem Bruder zukommt, trage nicht ich die Verantwortung. Mein Bruder aber lebt sechs Tagereisen weit von hier.«

Da machte sich der Jüngling auf den Weg, fand jenen Menschen und sagte ihm: »Nimm für die Apfelhälfte Geld an oder verzeih mir!«

Der Mann erwiderte: »Weder nehme ich dein Geld an, noch verzeihe ich dir! Wenn du meine Vergebung willst, so habe ich eine Tochter: taub, stumm, arm- und beinlos. Heirate sie, und ich will dir verzeihen!«

Gezwungenermaßen nahm der Jüngling dieses Mädchen zur Frau. Doch als sie sich in das Brautzimmer setzten, stellte er fest, dass das Mädchen völlig gesund war. Da fragte der Jüngling seinen Schwiegervater: »Warum hast du dich so über deine Tochter lustig gemacht?«

Jener erwiderte: »Ich habe sie zutreffend beschrieben, denn seit ihrer Geburt hat meine Tochter das Sonnenlicht nur durch das Rauchloch erblickt, hat nie eines Fremden Stimme vernommen und mit keinem Fremden gesprochen, mit ihren Händen nichts Sündhaftes berührt und ihren Fuß nie über die Schwelle des Elternhauses gesetzt. Ich wollte sie einem gerechten Mann zur Frau geben, und da bist du des Wegs gekommen.«

Der Löwe und der Mensch

Ein mächtiger Löwe saß auf der Hauptverkehrsstraße, und mehrere Raubtiere gingen furchtzitternd an ihm vorbei. Der Löwe fragte sie: »Warum flieht ihr? Wer hat euch so erschreckt?«

Sie antworteten: »Du solltest besser ebenfalls fliehen, denn jetzt kommt der Mensch!«

Der Löwe fragte: »Wer ist der Mensch? Was ist er? Welche Stärke besitzt er? Wie ist sein Aussehen, dass ihr so davor flüchtet?«

Sie erwiderten: »Er naht. Du wirst ihn erblicken und spüren, wer er ist!«

Da kam von seinem Acker ein Bauer heran. Der Löwe fragte ihn: »Bist du der Mensch, vor dem die Raubtiere flüchten?«

Der Bauer antwortete: »Ja, der bin ich!«

Der Löwe schlug ihm vor: »Komm, kämpfen wir!«

Der Mensch antwortete: »Einverstanden! Während du aber deine Waffen schon bei dir hast, so sind meine zuhause. Ich binde dich hier fest, damit du nicht flüchtest, bis ich meine Waffen geholt habe. Dann kämpfen wir.«

Der Löwe erwiderte: »Schwöre, dass du zurückkommst, und ich will dir folgen!«

Der Mensch leistete einen Eid, und der Löwe sprach: »Jetzt kannst du mich festbinden! Doch beeil dich und komm schnell zurück!«

Der Mensch band ihn fest an eine Eiche, schnitt von dem Baum einen Knüppel ab und verprügelte damit den Löwen.

Der Löwe schrie: »Falls du ein Mensch bist, dann schlag mich noch schonungsloser, denn das entspräche meinem Verstand!«

Die Maus und das Kamel

Eine Maus war sehr prahlsüchtig, verlor ihre Weisheit, und ihr Herz wurde stolz. Da ging sie zum Kamel und sprach: »Erlaube mir, mein Nest in deinem Huf zu bauen und dort zu leben!« Das Kamel antwortete: »Das wird dir nicht guttun. Es kann geschehen, dass ich dich zertrete und du stirbst!« Die Maus meinte: »Dein Huf ist weich, er schadet mir nicht!«

»Wie du möchtest«, erwiderte das Kamel. Und so baute die Maus im Kamelhuf ihr Nest.

Eines Tages, als das Kamel mit einer schweren Last beladen ging, zertrat sie die Maus. Die Maus schrie vor Schmerz, und aus ihrem Körper quoll das Fett, denn die Maus war sehr beleibt. Das Kamel sah das und sprach: »Meine Schwester, was aus deinem Leib quoll, hat dich nur gequält. Sei's drum!«

Die Ränke der Frauen

Ein Mann zog durch die Welt und zeichnete alle Ränke auf, in die jemals eine Frau verwickelt war. Auf diese Weise waren bereits drei große Stöße Papier zusammengekommen, doch noch immer zog er weiter umher. So gelangte er in eine Stadt und erblickte am Stadttor eine sehr scharfsinnige Frau, die zu ihm sprach: »Sei willkommen!«

Und sie behandelte ihn äußerst zuvorkommend und führte ihn in dem Glauben nach Hause, er habe viel Seide, Gold und Silber bei sich. Als der Abend hereinbrach, sagte die Frau zu jenem Mann: »Was hast du da für Bündel?« Und er antwortete: »Das sind die Frauenränke. Was je eine Frau listenreich vollführte, habe ich auf meiner Wanderschaft niedergeschrieben und in drei Papierstößen gesammelt. Nun bin ich hierhergekommen, um noch weitere Ränke aufzuzeichnen.«

»Sei willkommen!« sagte die Frau. Es hatte sie der Wunsch gepackt, seine Bündel zu vernichten. Im Haus gab es einen Ofen, in den sie hineinpassten, und die Frau heizte ihn bis zur Glut an. Dann briet sie Fisch und setzte ihn dem Gast vor. Sie selbst aber erhob sich, verriegelte die Tür und begann, gellend um Hilfe zu schreien, so dass ihre Nachbarn mit Schwertern herbeieilten und gegen die Tür zu schlagen begannen. Die Frau aber sprach zu dem Mann: »Wenn du verhindern willst, dass ich dich töten lasse, so gib mir geschwind deine Aufzeichnungen. Ich verbrenne sie im Ofen. Wo nicht, werde ich behaupten, dass dieser Mann mir Gewalt antun wollte und dich töten lassen!«

Da gab ihr der Mann seine Papierstöße, und die Frau verbrannte sie im Ofen. Dann öffnete sie die Tür und erklärte: »Vor vielen Jahren ist mein Vetter fortgezogen. Nun ist er zurück, ich habe ihm Fisch vorgesetzt. Eine Gräte ist ihm in der Kehle steckengeblieben, und nur knapp entrann er dem Tod.«

Als sie eingetreten waren, stellten die Nachbarn fest, dass tatsächlich Fisch vor dem Gast stand. Da gingen sie beruhigt wieder nach Hause.

Der Wolf, der Fuchs und der Maulesel

Der Wolf, der Fuchs und der Maulesel hatten einander Brüderschaft geschworen und zogen gemeinsam des Wegs. Doch als sie der Hunger überkam und sie nichts Essbares fanden, beschlossen sie: »Lasst uns denjenigen unter uns fressen, der der Jüngste ist!«

So sprachen der Wolf und der Fuchs, denn beide wollten den Maulesel fressen. Und sie fragten zunächst den Wolf, wie alt er sei. Der Wolf erwiderte: »Ich bin jener Wolf, den Noah zu sich auf die Arche nahm!«

Da trat der Fuchs vor und sprach: »Oh, du bist zehn Generationen jünger als ich, denn ich bin der Fuchs, den Gott erschuf!«

Doch der Maulesel sprach: »Mein Geburtsjahr steht auf meinem Huf geschrieben. Lest und erfahrt, wie alt ich bin!«

Und damit erhob er sein Bein. Der Fuchs sagte zum Wolf: »Ich weiß, dass du die Schule besucht hast. Geh und lies, was da geschrieben steht!«

Der Wolf hörte auf ihn und ging, um es zu lesen. Der Maulesel aber sagte: »Tritt näher, denn dort wurde mit kleiner Schrift geschrieben!« Der Wolf kam also näher. Da trat der Maulesel mit aller Kraft dem Wolf gegen die Stirn und zerschmetterte ihm den Schädel. Der Wolf heulte auf und machte sich davon. Der Fuchs rief ihm hinterher: »Komm, hier steht noch eine Zeile geschrieben. Lies auch diese!«

Doch der Wolf erwiderte: »Woher sollte ich denn lesekundig sein, waren wir doch von Generation zu Generation nur Schlächter und Kinder von Schlächtern!«

Der diebische Pfarrer und die Witwe

Ein Pfarrer stahl einer Witwe ihre einzige Kuh und band sie in seinem Pferdestall an. Die Witwe erfuhr davon und sagte zu ihm: »Vater, meine letzte Stunde naht. Lass uns in den Pferdestall gehen, damit ich meine Sünden beichte!« Da führte der Pfarrer schnell die Kuh ins Wohnhaus und von dort in die Kirche. Die Witwe aber sprach: »Vater, die Beichte muss man doch in der Kirche ablegen!«

Nun führte der Pfarrer die Kuh die Altarstufen hinauf zum Bema und ließ den Altarvorhang herab, um die Kuh zu verbergen. Als die Witwe mit dem Pfarrer die Kirche betreten und sich gesetzt hatte, schob sie den Vorhang beiseite und sagte zu ihrer Kuh:

»Du Unverschämte, ich hielt dich für eine Kuh, aber sprich, wer hat dich zum Messdiener bestellt?«

Die dreiste Frau

Ein Mann saß auf einem Stein inmitten des Feldes und machte ein Nickerchen. Als er erwachte, wollte er nicht mehr nach Hause zurückkehren. Plötzlich setzten sich zwei Sperlinge auf den Stein und fragten den Mann, warum er so niedergeschlagen sei? Der Mann antwortete:

»Weil ich ganz mittellos bin!«

Da sagten die Sperlinge: »Versprichst du, es niemandem zu erzählen, wenn wir dir eine Stelle zeigen, wo Gold vergraben liegt?«

Der Mann versprach es und leistete einen Schwur. Da sprachen die Sperlinge: »Unter diesem Stein liegen sieben Krüge Gold. Grab sie aus und nimm sie nach Hause. Falls du aber weitererzählst, woher du das Gold hast, wirst du auf der Stelle sterben!«

Der Mann freute sich, ging nach Hause, nahm die Spitzhacke, kehrte in der Nacht zurück und grub heimlich das Gold aus, brachte es nach Hause, wurde wohlhabend und errichtete ein prachtvolles Haus. Er kaufte sich Pferde, Maulesel, Ochsen und Schafherden und alles, was dazu angetan ist, das Leben angenehm zu machen.

Eines Tages sprach ein Ochse zu dem anderen: »Was soll ich bloß machen? Jeden Tag spannen sie mich erbarmungslos an!«

Der Esel, der neben ihm stand, sprach: »Benimm dich morgen so, als ob du krank seist und huste dabei. Wenn sie das sehen, werden sie mit dir Mitleid haben und du wirst nicht angespannt!«

Als der Mann das hörte, befahl er den Knechten, den Esel statt des Ochsen anzuspannen. So geschah es. Als der Esel am Abend zurückkehrte, sprach er zu dem kranken Ochsen: »Du elender Ochse, du ahnst nicht, was auf dem Feld gesprochen wurde: ›Der kranke Ochse soll geschlachtet werden, bevor er stirbt!‹ Hör mich an: Steh auf und werde gesund, zieh dein Joch, sonst schlachten sie dich ab! Für dich ist es besser zu arbeiten, als zu sterben!«

So sprach der Esel, um selbst nicht mehr angespannt zu werden, denn er hatte viel gearbeitet. Der Mann lächelte, als er das hörte.

Da sprach seine Frau: »Wir waren arm und wurden plötzlich reich und Besitzer von Gütern und Wohlstand. Du stehst hier herum und lächelst. Warum sagst du mir nicht, woher das alles kommt und warum du lächelst?«

»Liebe Frau, falls ich das verrate, werde ich auf der Stelle tot sein! Deshalb erzähle ich nichts«, erwiderte der Mann. Doch die Frau drängelte und quälte ihren Mann immer wieder: »Du musst es mir erzählen!«

Er aber wollte nicht. Doch die Frau blieb hartnäckig und setzte ihm arg zu: »Du musst es mir erzählen, selbst wenn du stirbst. Wenn nicht, bringe ich mich um!«

Das machte den Mann hilflos: »Du, Frau, glaub mir, dass ich gewiss sterben werde, falls ich die Wahrheit sage! Warte drei Tage ab, bis ich dem Priester und den Armen ein Liebesmahl ausgerichtet habe! Dann will ich dir alles erzählen und sterben!«

Es fiel der bösen Frau schwer, so lange zu warten. Der Mann schlachtete indessen viele Schafe und lud Priester und Arme ein. Sie aßen und tranken, während der Mann ihnen aufwartete. Der Mann aber besaß einen Haushund, der sehr traurig wurde. Sogar Tränen traten ihm aus den Augen. Bald aber kam der Hahn mit zwanzig bis dreißig Hennen zu seiner Linken und Rechten anspaziert. Da begann der Hund auf den Hahn einzureden: »Du undankbarer Hahn, warum bist du so hochmütig und krähst so laut? Weißt du nicht, dass unser Herr morgen seiner Frau das Geheimnis verraten und dafür sterben wird?«

Der Hahn erwiderte: »Gleichgültig, ob er stirbt! Ich, sein Diener, besitze zwanzig bis dreißig Frauen, die alle auf mich hören! Wieso kann er nicht eine einzige Frau kontrollieren?«

Der Hund fragte ihn: »Was soll er denn mit seiner dreisten Frau tun?«

Der Hahn antwortete: »Wenn die Gäste das Haus verlassen, soll er ein paar Stöcke bereithalten, die Tür verschließen, seine Frau an einer Säule festbinden und so oft auf sie einprügeln, bis ihr Körper ganz blau angelaufen ist. Und er soll ihr ausrichten: ‚Es ist viel besser, dass du stirbst und nicht ich!‘ und sie aus dem Haus werfen, indem er ihr sagt: ‚Verschwinde, ich brauche dich nicht!‘ Dann er soll eine andere Frau heiraten!«

Der Mann musste über den Ratschlag des Hahns lachen. Als die dreiste Frau sein Gelächter hörte, trat sie ohne Scheu vor den Gästen und den Priestern vor ihren Mann und stellte ihn zur Rede: »Warum hast du jetzt schon wieder gelacht? Erzähl schnell, wie du zu deinem Reichtum gekommen bist!« – »Hab etwas Geduld, bis die Gäste gegangen sind!«

Als alle fort waren, verriegelte der Mann die Tür und prügelte auf sie ein, wie es der Hahn geraten hatte, und vertrieb sie dann aus dem Haus. Die Frau bereute ihre Dreistigkeit und flehte ihn weinend an: »Um Gottes willen, du kannst mich jeden Tag verprügeln, aber wirf mich nicht aus dem Haus, um zum Spott der ganzen Welt zu werden!«

So rettete sich der Mann dank des Ratschlags eines Hahns vor dem Tod.

Das Paradies und der Bauer

Ein Bauer stieg mit einer Last Salz auf dem Rücken einen steilen Berg hinauf. Es war schwül, und der Mann war sehr erschöpft. Seine Last absetzend, begann er Adam und Eva zu tadeln, denn warum hatten sie es nicht im Paradies ausgehalten? Sogleich erschien ein Engel und sprach zu dem Mann: »Wenn ich dich mit ins Paradies nehme, hättest du dann mehr Geduld?«

Der Bauer erwiderte: »Wann wird das geschehen?«

Und plötzlich sank er in einen Traum und sah, dass er ins Paradies gelangt war. Darüber freute er sich sehr. Und er sah ferner, dass im Paradies Menschen junge Bäume fällten. Da hielt er es nicht aus und fragte: »Was seid ihr bloß für Menschen, dass ihr statt abgestorbener Bäume junge Bäumchen abhackt?«

Er öffnete die Augen, und siehe: wie zuvor sitzt er bei seiner Salzlast. Da brach er in bittere Tränen aus. Und wieder erblickte er den Engel, der ihm befahl: »So sprich fürderhin nichts Überflüssiges mehr!«

Und wieder kam der Mann ins Paradies und sah, wie die Menschen die abgehackten Zweige und das Holz zu einem Bündel zusammentrugen, das sie jedoch nicht hochzuheben vermochten. Dennoch fuhren sie fort, Scheit um Scheit zusammenzulegen. Da hielt er es nicht mehr aus und tadelte: »Ihr Toren, macht eure Last leichter, damit ihr sie euch auf den Rücken heben könnt!«

Wiederum wachte der Bauer am Fuße des steilen Berges auf und brach in Tränen aus. Der Engel führte ihn ein drittes Mal ins Paradies. Dort erblickte der Mann einen riesigen Stein, vor den zwölf Paar Stiere gespannt waren. Und ein jeder Stier zog in seine Richtung, so dass sich der Stein nicht von der Stelle bewegte. Und wiederum hielt es der Mann nicht aus und rief: »Oh ihr Dummköpfe, zieht doch in ein und dieselbe Richtung und alle gemeinsam, damit dieser Stein von der Stelle kommt!«

Der Bauer fügte hinzu: »Da ist es schon besser, wenn ich mich weiterhin mit meinem Salz beschäftige.« Und damit stieg er den steilen Berg hinan.

****

Rasaros Arajan

(*1840, Bolnis Chatschen; heute Bolnissi; †1911, Tiflis)

Der aus Georgien gebürtige und dort auch verstorbene Autor ging als Prosaschriftsteller, Dichter, Publizist, Literaturkritiker und Verfasser von Schullehrbüchern in die armenische Literaturgeschichte ein. R. Arajan betätigte sich außerdem als Sprachwissenschaftler und Übersetzer und war im Brotberuf als Lehrer tätig. Neben Pertsch Proschjan gilt Arajan als namhaftester Vertreter der von der europäischen Aufklärung und russischen Sozialutopien gleichermaßen geprägten armenischen *Dorfliteratur*. 1895 wurde der Autor wegen seiner Übersetzung von Edward Bellamys sozialistischem Utopieroman *Looking Backward* verhaftet, 1898-1900 folgte seine Verbannung nach Nor-Nachitschewan und auf die Krim.

In dieser märchenhaften Erzählung aus dem Jahr 1881 verliebt sich Prinz Watschagan während einer Jagd in die Bauerntochter Anahit, die seine Werbung zunächst abweist, weil er kein Handwerk erlernt hat. Watschagan wird Teppichweber, heiratet Anahit und gerät, nachdem er König geworden ist, verkleidet in unterirdische Werkstätten, wo Sklaven, von Priestern beaufsichtigt, unter unmenschlichen Bedingungen schuften müssen. Jetzt erfährt Watschagan endlich, wohin so viele seiner Untertanen auf rätselhafte Weise spurlos verschwanden. Er webt einen kostbaren Teppich, den er über den Sklavenhalter der Königin Anahit zum Kauf anbieten lässt. Dank der eingewobenen Geheimzeichen kann Anahit den Aufenthalt ihres Mannes feststellen. Mit einem Heer eilt sie herbei, befreit die Sklaven und mit ihnen ihren Ehemann und König.

Als Erzieher wandte sich Arajan der Folklore zu, übersetzte, bearbeitete und verfasste zahlreiche Märchen. Sie dienten dem Aufklärer als Transportmittel seines demokratischen Ideals einer von sozialer Gerechtigkeit und Gleichheit geprägten Gesellschaft. *Anahit* liegt ein ursprünglich wohl persisches, vor allem im Kaukasus sowie Nahen Osten weit verbreitetes Märchenmotiv zugrunde: Ein König erlernt aus Liebe zu einem einfachen Mädchen ein Handwerk, was ihm das Leben rettet. Im armenischen Volksmärchen wird der König Korbflechter. Arajans Variante verknüpft das Volksmärchen mit einer Legende um die Anahit-Quelle im Dorf Hadschi (Bezirk Martuni) in Karabach (arm. Arzach), woher seine Familie stammte. Prinz Watschagan wurde zum Herrscher des Karabacher Vorgängerstaates im östlichen Südkaukasus, des historischen Königreichs Albanien (arm. Arwank).

Der Handlungsort verlor so die märchenhafte Unbestimmtheit, ohne seinen romantischen Zauber einzubüßen. In den grausamen zoroastrischen Priestern (Magi bzw. ‚Magiern'), die als Sklavenhalter auftreten, erkannte jeder armenische Zeitgenosse die Perser als einstige Unterdrücker der Armenier, in Albanien bzw. Karabach eine für ihre unbeugsame Freiheitsliebe berühmte und gerühmte Region Armeniens, das sich, so Arajans versteckte Botschaft, nur durch eigener Hände Arbeit befreien kann. Das vom Geist der agrarutopischen russischen *Volkstümler*-Bewegung und der nationalen Erweckung gleichermaßen durchdrungene Märchen erfreute sich, dank der ihm zugrunde liegenden Aussage ‚Handwerk adelt', auch in der Sowjetzeit anhaltender Popularität.

Als Triumph der werktätigen Arbeit gedeutet, vertrug es sich mit der seit dem Zweiten Weltkrieg herrschenden sowjetischen Auslegung von Patriotismus und diente einem sowjetarmenischen Nachkriegs-Spielfilm (*Anahit*, 1947) als Vorlage. Als Kinderlektüre bis heute geschätzt, erlebte *Anahit* in den Diasporagemeinschaften Frankreichs und der USA Neuauflagen sowie Übersetzungen ins Französische und Westarmenische.

44

Anahit[7]

1.

Vor Zeiten war Partaw die Königsresidenz der Arwanen[8]. Heute heißt sie Barda und liegt in Trümmern. Partaw befand sich zwischen dem jetzigen Gandsa und Schuschi am Fluss Tartar. Dort stand auch König Watsches imposanter Palast mit seinem weitläufigen, von Meisterhand erschaffenen Park, der sich entlang des Flusses erstreckte und sich durch seine riesigen Pappeln auszeichnete, deren Schatten selbst noch die höchsten Türme der Stadt bedeckten. Die festen Mauern zu allen vier Seiten des Parks behinderten mitnichten die Bewegungsfreiheit der anmutigen, flinken Antilopen und Hirsche, die sich hier herdenweise tummelten.

Einst lehnte Watschagan, des Königs Watsche einziger Sohn, an der Balkonbrüstung und blickte auf den Park hinaus. Es war Frühling. Die schönsten Vögel der Welt schienen bei Sonnenaufgang zu einem vielstimmigen Wettgesang verabredet, bei dem wie immer die Nachtigall des Arwanerlandes, die Trösterin liebeskranker Herzen, die Siegerin blieb. Doch Watschagan, der wie erstarrt dastand und vor sich hin sann, bewegte wie etwas ganz anderes. In diesem Zustand näherte sich ihm die Königin Aschchen. Sie unterbrach seine trübseligen Gedanken mit einer Frage:

»Watschik, sehe, ist dein Herz schwer. Aber du verheimlichst uns den Grund deines Kummers. Verrat mir doch, was dich so bedrückt?«

»Mutter, du hast recht«, antwortete der Sohn. »Weltlicher Ruhm und Genuss bedeuten mir nichts. Ich will mich daher vom höfischen Leben zurückziehen und Einsiedler werden. Man sagt, der Archimandrit Mesrop[9] habe in Hazik, in seinem selbsterbauten Kloster, einen Orden gegründet und dort Schüler um sich geschart. Auch ich möchte einer von ihnen werden. Ach, wüsstest du, Mutter, wie herrlich es in Hazik ist! Die Knaben und Mädchen dort sind so gescheit, so wohlgestaltet, dass es eine Lust ist, sie nur anzusehen!«

»Doch willst du wohl auch nach Hazik, um dort die kluge Anahit zu treffen?«

»Mutter, woher weißt du von ihr?«

»Die Nachtigall in unserem Garten hat mir davon erzählt. Warum, lieber Watschik, vergisst du, dass du der armenische Königssohn bist? Denn ein Königssohn soll eine Königstochter, zumindest aber eine Fürstentochter, heimführen, aber doch kein Bauernmädchen! Der König Georgiens hat drei Töchter. Du kannst unter ihnen wählen. Auch der Markgraf von Gugark hat eine wunderschöne Tochter, die als einzige Erbin seine reichen Ländereien besitzen wird. Und was wäre an Warsenik, der Tochter unseres Heerführers, auszusetzen?«

»Mutter, ich sagte doch, dass ich ins Kloster will! Aber wenn ihr mich unbedingt verheiraten wollt, dann wisst, dass ich nur Anahit zur Frau nehme!«

2.

Watschagan war eben zwanzig Jahre alt geworden und wie die Pappeln in die Höhe geschossen, dabei aber sehr feingliedrig, blass und kränklich. Von Kindheit an hatten ihn die Schüler des Mesrop Maschtoz religiös unterwiesen, und darum hatte er beschlossen, nach dem Vorbild seiner Lehrer ins Kloster zu gehen, dort Schüler auszubilden und auf die Missionsarbeit vorzubereiten. Aber dieser Wunsch lief den Plänen seiner Eltern zuwider, denn Watschagan war ihr einziges Kind und sollte das Königreich der Arwanen erben.

»Watschagan«, pflegte deshalb der Vater zu mahnen, »du weißt, dass du meine einzige Hoffnung bist. Nur du wirst das Licht in unserem Haus hüten, das Feuer in unserem Herd lebendig erhalten. Du sollst deshalb heiraten, wie es nun einmal üblich ist.«

Bei solchen väterlichen Ermahnungen errötete der Sohn heftig und war um eine Antwort verlegen. Doch der Vater ließ nicht ab und wiederholte Woche um Woche seine Vorschläge mit immer lockenderen Worten. Um dem auszuweichen, begann Watschagan, auf die Jagd zu ziehen, obwohl er Ausflüge nicht mochte und viel lieber daheimblieb und las.

Jetzt aber erhob er sich schon früh am Morgen, durchstreifte Täler und Berge und kehrte erst spät abends nach Hause zurück. Viele Fürstensöhne boten ihm ihre Begleitung an, aber er wollte allein bleiben. Er nahm lediglich seinen tapferen, ihm ergebenen Diener Warinak mit, einen kräftigen und kühnen Mann, sowie seinen Hund Sangi. Die Leute, denen sie unterwegs begegneten, vermochten nicht zu unterscheiden, wer der Königssohn und wer der Diener war. Beide trugen die gleichen gewöhnlichen Jagdkleider, die gleichen Bögen und den gleichen breitschneidigen Dolch am Gürtel.

Oft rasteten sie in den Dörfern, und als ein Fremdling machte sich Watschagan dabei mit den Lebensumständen der Bauern vertraut, hörte sich ihre Alltagsnöte und Sorgen an und forschte nach, wer sich durch gute Taten auszeichnete und wer ungerecht handelte. So wurden nach und nach bestechliche Richter ihres Amtes enthoben und Würdigere nahmen ihre Stellung ein. Viele Diebe kamen ins Gefängnis und wurden bestraft. In Not geratene Menschen hingegen erhielten Hilfe vom König, ohne ihm je von ihrer Not berichtet zu haben. Das Volk glaubte, König Watsche sei allwissend wie Gott geworden. Doch niemand ahnte, dass der Königssohn die Ursache all dieser Besserungen war.

Auch Watschagan gerieten seine Wanderungen zum Vorteil: Er gesundete und erstarkte, wurde gewandter und kräftiger denn je zuvor. Darüber vergaß er allmählich seine Einsiedelei.

Eines Tages erreichten Watschagan und Warinak bei einem Jagdausflug ein Dorf und ließen sich an der Dorfquelle nieder, um auszuruhen. Die Mädchen des Dorfes hatten sich dort zum Wasserschöpfen versammelt und füllten nacheinander ihre Krüge. Watschagan war äußerst durstig und bat um Wasser. Eines der Mädchen füllte ihren Krug und wollte ihn schon herreichen, als ein anderes den Krug ergriff und ihn ausgoss. Dann füllte sie ihn selbst noch einmal, leerte ihn aber wiederum. So ging es einige Male, so dass man meinen konnte, das Mädchen wolle Watschagan zum Narren halten. Nachdem er schließlich doch getrunken hatte, sprach er das Mädchen an:

»Warum hast du mir nicht gleich zu trinken gegeben? Wolltest du mich ärgern oder deinen Spaß mit mir treiben?«

»Es ist hier nicht Sitte, mit einem fremden Jüngling Spaß zu treiben, besonders, wenn er nach Wasser verlangt. Als ich aber sah, wie erschöpft und erhitzt ihr wart, habe ich euer Trinken so lange verzögert, bis ihr euch etwas erholt hattet. Denn brunnenkaltes Wasser wäre in eurem Zustand gefährlich gewesen!«

Die umsichtige Begründung des Mädchens erstaunte Watschagan, doch noch mehr bezauberte ihn ihre Schönheit: Ihre Augen waren groß, schwarz und glutvoll, die Augenbrauen wie mit Tusche gezogen, und vom unbedeckten Haupt flossen ihr die Haare üppig auf die Schultern herab. Die Stirn war kräftig, Nase und Lippen wie gezeichnet. Sie trug keinerlei Schmuck. Ein rotseidenes Gewand umhüllte ihren wohlgestalteten Körper bis zu den Füßen, eine bestickte Weste umschloss die schlanke Taille und die festen Brüste. Sie ging barfuß, und ihre Füße, die sie soeben im Quellwasser gewaschen hatte, schimmerten weiß wie Baumwolle.

»Wie heißt du?« fragte Watschagan.

»Anahit«, antwortete das Mädchen.

»Wer ist dein Vater?«

»Mein Vater ist Aran, der Viehhirt des Dorfes. Doch wozu das alles?«

»Nur so. Zu fragen ist doch keine Sünde?«

»Wenn es keine Sünde ist, dann sag auch du mir, wie du heißt und woher du kommst?«

»Soll ich die Wahrheit sagen oder lügen?«

»Sag, was deiner würdig ist!«

»Natürlich bevorzuge ich die Wahrheit. Doch kann ich heute noch nicht offen sprechen. In einigen Tagen will ich dir aber alles sagen.«

»Gut. Dann gib mir jetzt bitte den Krug zurück.«

Anahit nahm den Krug auf und entfernte sich.

3.

Als die Königin von Watschagans Entschluss, Anahit und sonst keine andere zur Frau zu nehmen, erfahren hatte, teilte sie das ihrem Gemahl mit. Einen ganzen Abend lang beriet das Königspaar, und schließlich sahen beide ein, dass sie Watschagans Entscheidung nicht mehr zu beeinflussen vermochten und beschlossen, seine Wahl zu billigen. Der König, der im Grunde ein gutherziger Mensch war, war ohnehin nicht wirklich gegen die Wahl seines Sohnes gewesen, sondern freute sich im Gegenteil, dass sein Sohn alle Untertanen gleich achtete und keinem den Vorzug gab. Er hatte lediglich befürchtet, die hochmütigen Adeligen könnten sich gegen ihn auflehnen. Doch als ihm klar wurde, wie froh Watschagans Wahl die Bauern stimmte und welchen vorzüglichen Ruf Watschagans Auserwählte besaß, begann er selbst, die Königin zur Zustimmung zu überreden.

Am folgenden Tag riefen sie Warinak zu sich, erklärten ihr

Einverständnis und sandten ihn zusammen mit zwei angesehenen Edelleuten und vielen Gastgeschenken als Brautwerber nach Hazik.

Sie erreichten Arans Haus, und der Hirte empfing sie freundlich und hieß sie willkommen. Anahit aber war nicht daheim. Die Gäste ließen sich auf einem neuen Teppich nieder, den Aran sogleich für sie ausgebreitet hatte, und Aran setzte sich zu ihnen. Der neue Teppich gab den Gesprächsstoff ab, denn er hatte mit seinen schönen Mustern, leuchtenden Farben und feiner Knüpfung die Aufmerksamkeit der Gäste auf sich gelenkt.

»Welch herrlicher Teppich«, rief Warinak, »wahrscheinlich hat ihn die Hausherrin selbst geknüpft?«

»Nein, ich habe keine Frau mehr. Sie ist vor fünf Jahren gestorben. Diesen Teppich hat Anahit geknüpft, doch er gefällt ihr nicht sonderlich, weil er nicht ihren Vorstellungen entspricht. Sie hat deshalb einen neuen Teppich zu knüpfen begonnen.«

»Nicht einmal in unserem Königspalast findet sich ein derartiger Schmuck«, sagte einer der Fürsten. Dann wandte er sich an Aran und setzte hinzu: »Wir freuen uns, dass deine Tochter so begabt ist. Der gute Ruf Anahits ist dem König zu Ohren gekommen. Darum hat er uns auch entsandt, damit wir um Anahit freien. Der König möchte, dass du sie seinem einzigen Sohn Watschagan, der der Kronprinz ist, zur Frau gibst.«

Der Großfürst erwartete, dass Aran diese Nachricht entweder ungläubig aufnehmen oder aber vor Freude aufspringen werde. Doch Aran tat nichts dergleichen, sondern senkte nur den Kopf und fuhr nachdenklich mit dem Finger die Kante des Teppichs entlang. Warinak riss ihn aus seinen Gedanken:

»Warum so betrübt, Bruder Aran? Wir brachten doch Freude und nicht Trauer in dein Haus! Wir wollen Anahit ja nicht zwangsweise mit uns nehmen. Alles hängt von deiner Entscheidung ab. Willst du, stimmst du zu. Willst du nicht, dann eben nicht! Uns ist nur wichtig, deine ehrliche Meinung zu erfahren!«

»Meine edlen Gäste«, erwiderte Aran, »ich bin höchst dankbar, dass unser Herr und König einen Schmuck aus der Hütte seines armen Knechtes erbittet. Vielleicht gibt es einen solchen Schmuck ebenso wenig in seinem Palast, wie einen solchen Teppich. Doch ehrlich gesagt, hängt die Zustimmung nicht von mir ab. Bald wird meine Tochter kommen. Ist sie einverstanden, habe ich dem nichts mehr hinzuzufügen.«

Währenddessen war Anahit, die sich im Garten aufgehalten hatte, eingetreten. Sie trug einen Korb voll frischem Obst, grüßte die Gäste, von deren Ankunft sie bereits erfahren hatte, und stellte das Obst vor sie hin. Dann ging sie an ihren Knüpfstuhl, um weiter an ihrem Teppich zu arbeiten. Die Großfürsten schauten ihr dabei zu und staunten über ihre Fingerfertigkeit.

»Anahit, warum knüpfst du ohne Hilfe?« fragte Warinak. »Ich habe gehört, dass du viele Lehrlinge hast.«

»Ja, das stimmt. Ich habe hier zwanzig Lehrlinge. Aber zur Erntezeit ich habe ihnen freigegeben. Und selbst wenn sie hier wären, würde ich sie nicht an der Arbeit beteiligen. Diesen Teppich will ich ganz allein knüpfen.«

»Wir haben ebenfalls vernommen, dass du deinen Lehrlingen auch Lesen und Schreiben beibringst?«

»Ja, denn ein jeder von uns muss lesen und schreiben können. Erst neulich war der greise Mesrop wieder hier und hat uns das besonders ans Herz gelegt.«

»Bei uns ist die Bildung nicht so verbreitet wie hier bei euch. Lass aber deine Arbeit für einige Augenblicke ruhen und schau, was unser König dir schickt!«

Warinak öffnete ein Bündel, dem er Goldschmuck und

Seidengewänder entnahm. Anahit schien davon wenig beeindruckt und fragte:

»Weshalb erweist mir der König solche Ehre?«

»Der Königssohn Watschagan hat dich an der Quelle erblickt. Du hast ihm Wasser gereicht und ihm sehr gut gefallen. Jetzt sendet uns der König, damit wir um dich werben. Nimm diesen Ring, die Halskette und den Armreif als Zeichen des Verlöbnisses. Sie sind alle für dich bestimmt!«

»So war also der Jäger, dem ich begegnet bin, der Königssohn?«

»Ja.«

»Er wirkt sehr jung. Beherrscht er auch ein Handwerk?«

»Er ist der Königssohn, Anahit! Was soll ihm da ein Handwerk? Er ist Herrscher über ein ganzes Land, wir alle sind seine Diener!«

»Ich weiß, dass es sich so verhält. Aber so geht es nun einmal auf dieser Welt zu: Der heutige Herr der Knechte kann morgen selbst zum Knecht werden, war er auch zuvor ein König. Jeder muss daher ein Handwerk beherrschen, gleichgültig, ob er König oder Knecht ist.«

Bei diesen Worten schauten sich die Gesandten verwundert an. Weil aber auch Aran mit der Antwort seiner Tochter sehr zufrieden schien, wandten sie sich nochmals an Anahit:

»Also willst du den Königssohn nur deshalb nicht heiraten, weil er kein Handwerk beherrscht?«

»Nehmt wieder mit, was ihr gebracht habt, und richtet aus, dass ich nur den zum Mann nehme, der einen Beruf ausübt. Zwar hat mir der Königssohn gut gefallen, doch muss er erst ein Handwerk beherrschen, bevor er mich heiraten kann!«

Die Großfürsten sahen ein, dass Hartnäckigkeit hier nicht zum Erfolg führen würde. So blieben sie über Nacht in Arans Haus und brachen am folgenden Tag auf, um dem König zu berichten, was sie gesehen und vernommen hatten.

Der König und die Königin freuten sich bereits, weil der Königssohn diese Bedingungen Anahits nicht annehmen und sie dann vergessen würde. Aber als Watschagan von Anahits Entscheidung erfuhr, pflichtete er ihr bei: »Auch ein König ist nur ein Mensch und muss Fertigkeiten besitzen!«

»Also bist du einverstanden, ein Handwerk zu lernen?« fragte Watschagans Mutter.

»Ja.«

»Dann sag ehrlich: Warum willst du in die Lehre gehen? Des Berufs wegen oder um Anahits würdig zu werden?«

»Beides«, entgegnete Watschagan.

Als der König die Entschlossenheit seines Sohnes erkannte, rief er einige Adlige zum Rat zusammen, um für Watschagan einen Lehrberuf zu wählen. Der Rat entschied, Watschagan sollte das Brokatweben erlernen, da man diesen Stoff teuer aus dem Ausland einführen musste. Also wurden Boten entsandt, die einen Meister aus Indien brachten, bei dem Watschagan in die Lehre ging. Innerhalb eines Jahres beherrschte er die Brokatweberei so gut, dass er durch Warinak einen aus feinsten Goldfäden gewebten Brokatrock an Anahit schickte. Als sie das Geschenk betrachtete, sagte sie:

»Nun habe ich nichts mehr gegen die Hochzeit einzuwenden! Erklärt dem Königssohn mein Einverständnis und gebt ihm meinen Teppich als Gegengeschenk!«

Warinak ergriff den Teppich, schwang sich aufs Pferd und sprengte nach Partaw, um Watschagan diese frohe Kunde so schnell wie möglich zu überbringen.

Sieben Tage und sieben Nächte dauerte ihr Hochzeitsfest. Die Freude der Bauern kannte keine Grenzen, hatten sie doch viele Gründe dafür: Sie liebten den König, setzten große Hoffnung in den Einfluss und die Unterstützung Anahits, und außerdem hatte der König während der Feier angekündigt, den Bauern drei Jahre lang die Steuern zu erlassen:

Auf Anahits Hochzeit
Schien golden die Sonne.
Auf Anahits Hochzeit
Fiel goldener Regen.
Unsere Äcker wurden zu Gold,
Unsere Scheunen füllten sich.
Unsere Steuer entfiel
Und mit ihr all unsere Sorgen.
Lang lebe die goldene Königin!

So sangen die Bauern noch nach Jahren.

4.

Nur Warinak fehlte auf der prunkvollen Hochzeit, denn der König hatte ihn in die Stadt Perosch unweit Partaws geschickt, von wo Warinak nicht zurückkehrte. Trotz aller Nachforschungen fand sich keine Spur von ihm. Allerdings berichteten die Leute, die zur Suche ausgezogen waren, dass in jener Gegend schon viele Menschen verschwunden seien. Doch niemand vermochte zu sagen, warum und wohin. Der König vermutete, dass Sklavenhändler ihre Hand im Spiel hatten, die die Reisenden gefangen nahmen und an wilde Kaukasusstämme verkauften. Deshalb entsandte er erfahrene Kundschafter zu diesen Stämmen, die dort von Stadt zu Stadt, von Dorf zu Dorf zogen und Ausschau nach Warinak hielten. Doch alles blieb vergebens. Warinaks rätselhaftes Verschwinden betrübte den König nicht nur, weil er ihn wie seinen eigenen Sohn liebte, sondern weil in seinem Reich etwas geschehen konnte, wogegen er nichts auszurichten vermochte.

Wenig später verstarb das Königspaar hochbetagt. Das ganze

Land trauerte vierzig Tage lang. Danach versammelten sich die Städter und setzten Watschagan an seines Vaters Stelle.

Nach seiner Thronbesteigung versuchte Watschagan, Neuerungen einzuführen. Einer seiner Ratgeber wurde Anahit, mit der er sich stets beriet, noch bevor er die Klügsten des Volkes um Rat fragte. Aber Anahit fand auch das noch zu wenig und sagte daher eines Tages zum König:

»Mir scheint, dass du nicht genügend über dein Land Bescheid weißt. Denn die Männer, die du um Rat zu fragen pflegst, wollen dich nur beruhigen und dir den Eindruck geben, als seien alle zufrieden und alles in bester Ordnung. Doch weißt du überhaupt, was wirklich in deinem Reich vor sich geht? Du solltest deshalb von Zeit zu Zeit in verschiedenen Verkleidungen – mal als Bettler, mal als Lastenträger, mal als Kaufmann – unter das Volk gehen, um mit allen Ständen vertraut zu werden. Gott wird dereinst von dir Rechenschaft fordern, denn du bist sein Stellvertreter in diesem Land.«

»Da hast du recht, Anahit«, stimmte ihr der König zu. »Mein verstorbener Vater pflegte es ebenso zu halten, und auch ich verfuhr so in meiner Jägerzeit. Aber wie soll ich es jetzt anstellen? Wer wird an meiner statt regieren, wenn ich abwesend bin?«

»Ich werde regieren, und zwar so, dass niemand deine Abwesenheit bemerkt.«

»Ausgezeichnet! Dann mache ich mich schon morgen auf den Weg und bleibe zwanzig Tage fort. Sollte ich danach nicht zurückkehren, wirst du wissen, dass ich nicht mehr am Leben bin oder mir ein Unglück zugestoßen ist.«

5.

In gewöhnlicher Bauerntracht machte sich König Watschagan zu den entlegensten Gegenden seines Reiches auf. Er sah und hörte dabei so manches, aber am sonderbarsten war, was ihm in der Stadt Perosch widerfuhr.

Die heute nicht mehr bestehende Stadt befand sich am Ufer der Kura. Ihre Einwohner waren heidnische Perser. Zwar lebten dort auch armenische Christen, aber ihre Zahl war gering, und sie besaßen weder einen Priester, noch eine Kirche.

In der Stadtmitte lag ein ausgedehnter Platz, der Basar, umschlossen von Handwerksstätten und Kaufläden. Eines Tages, als Watschagan auf diesem Platz saß, sah er, wie eine Gruppe von Männern einen ehrwürdigen Greis mit langem weißem Bart geleitete, der beide Arme zum Himmel erhoben hatte und ganz gemessen ausschritt. Die Leute kehrten vor ihm den Boden und legten ihm Steine vor, damit er bequemer schreiten konnte. Watschagan erkundigte sich bei einem der Vorübergehenden nach jenem Greis.

»Das ist unser Oberpriester! Wie, du kennst ihn nicht? Schau nur, wie groß seine Heiligkeit ist! Er will nicht auf den Boden treten, damit nicht einmal ein Insekt durch ihn sterbe!«

Am gegenüberliegenden Ende des Platzes wurde ein Teppich entrollt, damit der Oberpriester auf ihm ruhe. Neugierig kam Watschagan näher, um die Worte des Oberpriesters zu hören. Der aber hatte längst bemerkt, dass Watschagan ein Fremdling war und sich zum ersten Mal in der Gegend befand. Darum rief er ihn zu sich:

»Wer bist du und was hat dich hierhergeführt?«

»Ich bin ein fremder Handwerksmann und zur Arbeit in die Stadt gekommen«, antwortete Watschagan.

»Gut«, sagte der Priester, »folge mir, ich habe eine passende Arbeit für dich und werde dich gut entlohnen!«

»Einverstanden«, antwortete Watschagan und reihte sich unter die Gefolgsleute des Priesters ein.

Der Oberpriester flüsterte den Priestern, die seine Begleiter waren, etwas zu, worauf sie sich in verschiedenen Richtungen verstreuten. Dann kamen nach einer Weile Lastenträger mit Esswaren. Als auch sämtliche Priester zurückgekehrt waren, erhob sich der Oberpriester und machte sich mit derselben Zeremonie, wie er gekommen war, auf den Heimweg. Watschagan folgte ihnen schweigend, aber voller Neugier, um zu erfahren, womit sich die Priesterschaft beschäftigte, was für ein Mensch ihr Oberpriester war und worauf sich der Ruf seiner Heiligkeit stütze. So gelangten sie bis an den Stadtrand. Hier segnete der Oberpriester seine Anhänger und schickte sie heim. Es blieben der Oberpriester und die Priester zurück, die Lastenträger sowie Watschagan. Nach ungefähr drei weiteren Kilometern erreichten sie ein festungsartiges Gebäude und machten vor einer Eisentür Halt. Der Oberpriester entnahm seiner Tasche einen riesigen Schlüssel, öffnete die Tür und verschloss sie wieder, nachdem alle eingetreten waren. Da erschrak Watschagan, denn ihm wurde klar, dass er nicht mehr hinausgelangen konnte. Die Lastenträger befanden sich ebenfalls zum ersten Mal in dieser Burg. Schließlich durchschritt der Zug einen Bogengang und gelangte in einen großen Innenhof, in dessen Mitte ein kuppelbedeckter Tempel stand, umgeben von Einsiedlerklausen. Nun wurde den Lastenträgern befohlen, ihr Gepäck abzusetzen. Dann führte sie der Oberpriester zusammen mit Watschagan zur gegenüberliegenden Seite des Hofes, schloss eine zweite Eisentür auf und gebot:

»Geht dort hinein, dort will ich euch eure Arbeit zuweisen!«

Alle durchschritten wie benommen die Tür, die der Oberpriester gleich wieder hinter ihnen abschloss. Und als die Fremdlinge endlich wieder zur Besinnung kamen, stellten sie fest, dass sie am Eingang eines unterirdischen Ganges standen.

6.

»Männer, wo sind wir hier?« fragte Watschagan.

»So viel ist gewiss, dass wir hier in einer Falle sitzen und nicht fliehen können«, antwortete einer.

»Aber das ist doch ein heiliger Mann, der uns gewiss nichts Böses antun wird«, meinte ein anderer.

»Warum denn nicht? Wahrscheinlich weiß der Heilige um unsere Sünden und hat uns an diesen Ort geführt, damit wir sie büßen«.

»Leute, jetzt ist nicht der Augenblick für Späße«, sagte Watschagan. »Ich vermute, dass dieser grausame Greis sich nur für einen Heiligen ausgibt, tatsächlich aber ein schrecklicher Dew[10] ist. Und jetzt befinden wir uns am Eingang zur Hölle. Doch warum stehen wir wie versteinert herum? Die Tür hinter uns wird sich ja nicht mehr öffnen! Lasst uns lieber nachsehen, wohin dieser Gang führt!«

Eine Weile folgten sie dem Gang, bis sie vor sich ein spärliches Licht erblickten, auf das sie zugingen. Vor ihnen weitete sich der Gang zu einem riesigen, steingepflasterten Raum, aus dem von allen Seiten menschliche Verzweiflungsschreie drangen. Sie blickten nach oben und stellten fest, dass sie sich in einer künstlichen Höhle befanden, die nach Art der Kornspeicher angelegt worden war: Von oben hatte man den Felsen durchbrochen und einen nach unten hin erweiterten, kuppelförmigen Saal geschaffen.

Verwundert auf die Schreie lauschend, beobachteten die Gefangenen den Saal. In diesem Augenblick tauchte ein Schatten vor ihnen auf, der beim langsamen Näherkommen menschliche Gestalt annahm. Watschagan ging der Erscheinung entgegen und fragte mit erhobener Stimme:

»Wer bist du, Mensch oder Teufel? Tritt näher und erkläre uns, wo wir uns befinden!«

Zitternd kam das Gespenst auf sie zu. Es erwies sich als Mensch von totenhaftem Aussehen: tiefliegende Augen, die Jochbeine spitz hervortretend, die Haare ausgefallen, und so abgemagert, dass man die Knochen zählen konnte. Schluchzend sagte dieser lebendige Tote:

»Folgt mir! Dann zeige ich euch, wohin ihr geraten seid!«

Sie durchschritten einen engen Gang und gelangten in einen Raum, wo auf nacktem Boden viele Menschen lagen, dem Tode nahe. Von dort gingen sie weiter zu einer anderen Höhle, wo riesige Töpfe aufgestellt waren, in denen einige leichenblasse Menschen Essen kochten. Watschagan trat an einen solchen Topf heran, aber als er erkannte, was dort kochte, zog er sich angeekelt zurück, ohne jedoch seinen Gefährten zu verraten, was er erblickt hatte.

Dann gingen sie weiter zu einem langgedehnten Saal, in dem sie Menschen die unterschiedlichsten Tätigkeiten verrichten sahen. Einige stickten, andere webten, die dritten nähten etwas, wieder andere verrichteten Goldschmiedearbeiten. Bei spärlichstem Licht arbeiteten hier mehr als hundert Menschen. Schließlich brachte sie ihr Führer in den ersten Raum zurück und erklärte:

»Jener teuflische Greis, der euch betrogen und hierher verschleppt hat, hat das Gleiche zuvor uns angetan. Wie lange ich schon hier bin, weiß ich gar nicht mehr, denn hier gibt es weder Tag noch Nacht, sondern nur ewige Dämmerung. Man lockt zwei Arten von Menschen hierher: solche mit und solche ohne Beruf. Diejenigen, die sich auf ein Handwerk verstehen, müssen bis zu ihrem Ende schuften, die anderen aber bringt man in die Schlachterei, die ich euch noch nicht gezeigt habe, und schafft von dort ihr Fleisch zu den Küchen. Der alte Priester ist nicht allein. Er verfügt über Hunderte Gehilfen, die gleich ihm Priester sind. Dieser Schreckensort liegt genau über ihrer Höhle.«

»Und was wird jetzt mit uns geschehen?« fragte Watschagan.

»Das gleiche Los wird euch ereilen: Wer sich auf ein Handwerk versteht, wird bis zu seinem Tod leben. Wer aber nicht, den bringt man in die Schlachterei. Ich habe bereits angekündigt, dass mir die Kraft zur Arbeit fehlt. Aber Gott will anscheinend meinen Tod noch nicht. Sicherlich soll ich noch einmal das Tageslicht erblicken, denn mir träumte von einem Ritterfräulein mit einem spitzen Helm und einem Schwert in der Hand, die auf einem Feuerross daher sprengt und zu mir spricht: Gib die Hoffnung nicht auf, Warinak! Schon bald werde ich euch alle befreien! Ich wäre wohl längst nicht mehr am Leben, hätte mir diese wundersame Erscheinung nicht so viel Mut eingeflößt!«

Bei diesen Worten wurde Watschagan aus dem Gleichmut gerissen, mit dem er bis dahin dem Redner zugehört hatte.

»Hier also steckt Warinak!« dachte er bei sich.

Watschagan wollte auf ihn losstürzen, ihn umarmen und sich zu erkennen geben. Doch dann überlegte er, dass damit auch noch die letzte Hoffnung Warinaks zerstören würde. Deshalb unterbrach er ihn: »Bruder Warinak, das viele Sprechen schwächt dich bloß! Versuch, bis zur Erfüllung deines Traums zu leben, denn ich glaube daran. Von nun an werden wir alle mit dieser Hoffnung leben. Darum sprich auch mit anderen über deinen Traum. Doch jetzt kehrst du besser an deine Arbeitsstätte zurück, denn ich höre Schritte!«

7.

Watschagan fragte seine sechs Gefährten, wer von ihnen einen Beruf besitze. Einer antwortete, dass er Weber sei, der zweite war Schneider, der dritte erwies sich als Seidenweber, doch die drei übrigen hatten keinen Beruf.

»Nun, das macht nichts«, tröstete sie Watschagan. »Ich will euch als meine Gehilfen ausgeben, und ich besitze einen sehr angesehenen Beruf.«

Die Schritte näherten sich. Kurz darauf stand ein grob aussehender Priester mit einer Schar Bewaffneter vor ihnen.

»Seid ihr die Neuankömmlinge?« fragte der Priester.

»Ja, wir sind eure Diener«, antwortete Watschagan.

»Wer von euch versteht sich auf ein Handwerk?«

»Wir alle. Wir weben kostbare Brokatstoffe. Unsere Arbeit wird hundertfach in Gold aufgewogen. Wir besaßen einst eine Weberei, die aber bei einer Feuersbrunst niederbrannte. Alles wurde vernichtet, und wir verarmten, als wir Schulden machen mussten. Dann sind wir in die Stadt gezogen, um uns Arbeit zu suchen, und dort sind wir dem Oberpriester begegnet.«

»Vortrefflich! Bringt eure Webkunst tatsächlich so viel Gewinn?«

»Wir sprechen die lautere Wahrheit, von der ihr euch überzeugen könnt!«

»Das lässt sich schnell herausfinden. Welche Geräte benötigt ihr?«

Watschagan zählte alles genau auf. Wenige Stunden später war bereits alles zur Stelle. Der Priester befahl ihnen, in der Werkhalle zu arbeiten und mit den übrigen Gefangenen zu essen.

»Dort würde aber unsere Arbeit nicht gut geraten«, erklärte Watschagan. »Wir brauchen besonders weitläufige Räume. Hier zum Beispiel wäre es sehr günstig, denn die Feinheit dieser Tätigkeit erfordert viel Licht. Und was das Essen betrifft: Wir sind keine Fleischesser und würden vom Fleischgenuss sofort sterben. Dadurch verliert ihr aber den Nutzen, den wir euch sonst bringen!«

»Dann soll es nach eurem Willen geschehen«, antwortete der Priester. »Ich werde euch Brot und pflanzliche Nahrung schicken lassen. Ihr werdet auch reichliches Licht erhalten. Aber falls eure Leistung nicht euren Versprechungen entspricht, schicke ich euch alle in die Schlachterei. Und zuvor werde ich euch foltern lassen!«

Der Priester hielt sein Wort. Er schickte ihnen Brot, Gemüse, Milch, Joghurt, Käse und allerlei gedörrtes und frisches Obst. Das Brot, das alle mit neuer Kraft erfüllte, wurde nach Möglichkeit mit den übrigen Gefangenen geteilt.

Watschagan nahm seine Arbeit auf und machte seine Begleiter zu seinen Gehilfen. In kurzer Zeit hatte er einen herrlichen Brokatstoff mit einem sonderbaren Muster fertiggestellt, aus dem nur derjenige, der es sehr aufmerksam betrachtete, die Geschichte ihrer Qualen ablesen konnte. Der Priester kam und erstaunte über diese gelungene Arbeit. Bei ihrer Abgabe sagte Watschagan:

»Ich habe angekündigt, dass unsere Arbeit hundertfach mit Gold aufgewogen wird. Aber jetzt muss ich mich verbessern, denn sie ist doppelt so viel wert. Dieser Brokat zeichnet sich nämlich durch wundertätige Muster aus, und wer ihn trägt, wird immer fröhlich und guten Muts sein. Die einfachen Menschen werden jedoch seinen eigentlichen Wert nicht zu schätzen wissen. Nur die Königin Anahit kann den wahren Wert dieses Stoffes begreifen. Und niemand außer ihr besitzt den Mut, derartiges zu tragen.«

Als dem habgierigen Priester die Kostbarkeit des Stoffes aufging, verriet er dem Oberpriester nichts von der Sache und zeigte ihm nicht einmal den Stoff, denn er wollte allein mit der Königin verhandeln, um von ihr den gesamten Erlös zu erhalten.

8.

Anahit hatte in Watschagans Abwesenheit vorzüglich regiert. Jeder war zufrieden, aber niemand ahnte, dass sie die Herrschaft ausübte. Doch war sie selbst in größter Besorgnis, denn nach den zwanzig Tagen Frist waren bereits zehn weitere verstrichen, ohne dass der König heimgekehrt war. Nachts fand sie keine Ruhe. Alpträume quälten sie, aus denen sie plötzlich aufschrak. Alles ringsum schien verändert und ganz ungewöhnliche Eigenschaften angenommen zu haben. Der Hund Sangi heulte und winselte unaufhörlich zu Füßen der Königin und steigerte damit noch ihre Unruhe. Watschagans Pferd wieherte fortwährend, hatte wie ein verwaistes Fohlen seinen Appetit verloren und magerte von Tag zu Tag ab. Die Hühner krähten wie Hähne, und die Hähne weckten am Abend statt in der Frühe. Die Nachtigallen im Park hatten ihren Gesang eingestellt, und statt ihrer hörte man nur noch die Eulen schreien. Die Wellen des Tartars eilten nicht mehr wie einst heiter dahin, sondern flossen still am Palast vorbei.

Eine ihr bislang ganz unbekannte Angst hatte die tapfere Anahit ergriffen. Ihr eigener Schatten kam ihr jetzt wie ein Ungeheuer vor. Sie war kurz davor, den Adligen das Verschwinden des Königs bekannt zu geben, und nur die Sorge, dass dies Unruhen auslösen könnte, hielt sie noch davon ab.

Eines Morgens, als sie sorgenvoll im Park spazierte, teilte ihr ein Diener mit, dass ein fremder Kaufmann der Königin eine außergewöhnliche Ware zum Kauf anbiete. Anahits Herz schlug plötzlich schneller, und sie befahl, den Fremden augenblicklich vorzulassen.

Es trat ein Mann mit derben Gesichtszügen ein, verneigte sich tief vor der Königin und legte einen goldenen Brokat auf einem Silbertablett vor ihr nieder. Anahit nahm den Stoff auf, ohne jedoch seine Muster zu bemerken, und erkundigte sich nach dem Preis.

»Dieser Brokat soll das Dreihundertfache seines Gewichts in Gold kosten, gütige Königin! Denn so viel hat er mich allein an Gerät und Arbeitsmitteln gekostet. Über den Lohn aber entscheide in deiner Barmherzigkeit allein!«

»Ist er denn tatsächlich so wertvoll?«

»Jawohl, meine Königin! Eine unbezahlbare Zauberkraft wurde in diesen Stoff eingewebt, denn seine Ornamente sind keine gewöhnlichen Muster, sondern wirken wie ein Talisman, so dass jeder, der den Stoff trägt, immer froh und guten Mutes sein wird. Niemals im Leben wird sein Träger die Traurigkeit kennen lernen!«

»Wirklich?« fragte Anahit, entfaltete den Stoff und betrachtete aufmerksam die Muster, die in Wahrheit rankenförmige Buchstaben darstellten. Da las sie im Geheimen folgende Botschaft: »Unübertreffliche Anahit! Ich befinde mich an einem furchtbaren Ort. Der Mann, der dir diesen Stoff überbringt, ist einer der Aufseher dieser Hölle. Warinak ist ebenfalls hier gefangen. Unser Gefängnis liegt östlich der Stadt Perosch unter einem festungsartigen Tempelbau. Falls du uns nicht sofort zu Hilfe eilst, gehen wir alle zugrunde. Watschagan.«

Anahit begnügte sich nicht damit, das nur einmal zu lesen. Sie las es ein zweites Mal, wollte aber ihren Augen kaum trauen. Endlich antwortete sie nach langem Nachdenken dem als Kaufmann verkleideten Priester: »Du hast recht. Diese Muster besitzen eine aufmunternde Wirkung. Ich war heute Morgen sehr niedergeschlagen. Nun bin ich außerordentlich frohgestimmt. Mir scheint dieser Brokat unbezahlbar. Aber meinst du nicht auch, dass keine Arbeit wertvoller sein kann, als der, der sie geschaffen hat?«

»Lang lebe die Königin! Ihre Ansicht trifft zu. Das Geschöpf kann niemals den Schöpfer übertreffen!«

»Nun, falls du derselben Ansicht bist, bring den Schöpfer dieser Arbeit zu mir, damit ich ihn belohne, wie ich dich belohnen will. Du weißt, dass ich sehr kunstliebend bin und die Künstler ebenso freigiebig beschenke wie meine tapfersten Krieger!«

»Gnädige Königin, ich habe den Künstler nicht zu Gesicht bekommen. Ich bin Kaufmann. Den Brokat habe ich in Indien von einem Juden erstanden. Der Jude seinerseits kaufte ihn bei einem Araber, und wer weiß, von wem und woher der Araber ihn hatte.«

»Schweig! Die wundertätigen Muster, die du mir selbst gebracht hast, haben mir gerade verraten, wer du in Wahrheit bist. Diener, ergreift diesen Mann und werft ihn in den Kerker!«

9.

Nachdem Anahit den falschen Kaufmann ins Gefängnis hatte werfen lassen, befahl sie, die Kriegsposaunen zu blasen. Nach einer Stunde hatten sich sämtliche Einwohner der Stadt vor dem Palast versammelt und fragten einander, was wohl vor sich gehe.

Da trat plötzlich Anahit auf den Balkon, von Kopf bis Fuß in Rüstung, und sprach zu dem Volk: »Das Leben eures Königs ist in Gefahr! Gerade habe ich erfahren, wo er sich befindet. Er wollte sein Reich durchwandern, um das Elend des Volkes mit eigenen Augen zu sehen. Und dabei ist er schlechten Menschen begegnet, die ihn in einem unterirdischen Kerker gefangen halten. Doch dürfen wir keine Zeit verlieren! Wer also den König liebt und schätzt, bewaffne sich, damit wir noch vor Mittag die Stadt Perosch erreichen!«

Die Menschen gingen unverzüglich auseinander. Nach einer weiteren Stunde waren alle gerüstet und zum Aufbruch bereit. Als sie die Stadt verlassen hatten, setzte sich Anahit an die Spitze der Reiterei, rief »Vorwärts!« und gab ihrem Pferd die Sporen. Sie sprengte los und war schon kurz darauf außer Sichtweite. Zwei Stunden später befand sie sich ganz allein auf ihrem Feuerpferd[11] auf dem Marktplatz von Perosch. Die heidnischen Einwohner glauben, dem Himmel sei eine neue Gottheit entstiegen, umringten Anahit und verneigten sich bodentief vor ihr.

»Wo ist euer Stadtoberhaupt?« rief Anahit drohend.

Einer der Knieenden erhob sich zitternd und sagte: »Ich, dein Knecht, bin das Stadtoberhaupt.«

»Also du bist der Ahnungslose, der nicht weiß, was im Tempel vor sich geht?«

»Ich, dein Knecht, habe nicht die geringste Ahnung!«

»Möglich, dass du wirklich nichts weißt. Wo liegt euer Tempel?«

»Ich werde den Weg weisen!«

»Dann vorwärts!«

Gefolgt von der gesamten Einwohnerschaft, erreichten sie nach einer halben Stunde die Festung. Die Priester freuten sich, da sie annahmen, dass sich Pilgerscharen näherten, und öffneten deshalb die Tempeltore. Aber als das Volk in Scharen hereinströmte, als sie in das drohende Gesicht des wunderschönen, gepanzerten Ritters blickten, begriffen sie ihren Irrtum und erschraken. Anahit hatte im Nu die Tür zur unterirdischen Höhle entdeckt und befahl zornig dem Stadtoberhaupt, sie zu öffnen. Als sich aber auf seinen Befehl hin einige beherzte Männer bereitfanden, die Tür aufzubrechen, trat der greise Oberpriester in seinem vollen Ornat heraus, um die Menge zu beeindrucken. Die Menschen wichen vor ihm auseinander. Er schritt geradewegs auf Anahit zu und schrie sie mit drohender Stimme an:

»Was willst du hier? Was hast du vor? Zieh dich zurück!«

Anahit konnte ihren Zorn kaum noch beherrschen: »Ich befehle, diese Tür zu öffnen!«

»Hier gebe nur ich die Befehle! Die Tür verschließt unser Heiligtum. Hier ruht der Staub unserer Vorfahren, hier brennt das ewige Feuer. Erzürnt die Götter nicht! Entfernt euch und entweiht nicht mit euren schmutzigen Füßen diese heilige Stätte!«

Solche Worte taten ihre Wirkung. Viele wandten sich mit gesenktem Kopf ab. Aber unter der Menge waren auch Christen, die weiterhin ihre Zweifel hegten und deshalb fortgesetzt riefen: »Öffnet, öffnet das Höllentor!«

Als der Oberpriester diesen Widerstand bemerkte, erhob er seine Hände zum Himmel und flehte: »Allmächtige Götter! Euer Heiligtum wird entweiht! Eilt uns zu Hilfe!«

Auf seinen Ruf hin öffnete sich die Tempeltür, und eine Schar bewaffneter Priester stürzte hervor. Im selben Augenblick entdeckte Anahit eine Staubwolke über der Stadt. Sie begriff, dass ihre Streitmacht folgte. Da ging sie zum Angriff über.

Weil die Christen Anahit unterstützten, vermeinten die Götzenanbeter, es handele sich um einen Glaubenskrieg, und kamen ihren Priestern zu Hilfe. Es entbrannte eine große Schlacht. Da fiel im Getümmel Anahits Helm herab, und alle sahen, dass sie eine Frau war. Gerade zu dieser Zeit erreichten ihre Krieger das Schlachtfeld. Nach kurzer Zeit flohen die restlichen Priester. Anahit befahl, den Tempel zu umzingeln, in dem sich jetzt alle Priester verschanzt hatten, und die Tür zu öffnen.

Es bot sich ihnen ein entsetzlicher Anblick: Aus der Höhle krochen viele Menschen, die ihren Gräbern entstiegenen Leichnamen glichen. Ihre Freudenrufe, Klagen und Schreie zerrissen die Herzen der Menschen. Schließlich kamen auch Watschagan und Warinak zum Vorschein. Die Königin ordnete an, beide in ein für sie vorbereitetes Zelt zu führen. Dann befahl Anahit ihren Kriegern, in die Höhle zu gehen und alles, was sie dort vorfänden, herauszutragen. Als die heidnische Bevölkerung diese Gräuel sah, erzürnte sie und rief: »Der christliche Gott ist groß! Dieser Tempel ist eine Hölle, die Götzen sind Dämonen und die Priester Teufel! Tötet sie, tötet sie!«

»Haltet ein!« wehrte die Königin ab. »Es ist meine Aufgabe, sie zu bestrafen. Doch müssen wir zuerst die Kranken versorgen.«

Danach wandte man sich wieder dem Tempel zu. Sie pochten an die Tore, aber von drinnen drang kein Laut. Da erbrachen Anahits Krieger die Tore und drangen in den Tempel, doch dort war niemand. Sie blickten nach oben, und ein neues Schreckensbild ließ sie erschaudern: Alle Priester und auch der Oberpriester hatten sich an der Decke erhängt! Als man der Königin von diesem Ausgang berichtete, sprach sie:

»Ein solcher Tod ist noch zu leicht für sie gewesen! Lasst sie dort hängen, wie ihr sie vorgefunden habt, und lasst die Bevölkerung in den Tempel, damit sie ihren Heiligen Ehrfurcht bezeugt!«

Dann schickte man die Anwesenden scharenweise in den Tempel, wo diese die Götzenbilder zerschlugen, an die sie bis gestern geglaubt hatten.

Anahit aber ging in das Zelt, in dem Watschagan schon ungeduldig auf sie wartete, und die beiden Liebenden wurden es nicht satt, einander anzuschauen.

Als Watschagan sich ausgeruht hatte, wusch er sich und legte seine königlichen Gewänder an, um sich dem Volk zu zeigen. Derweil hatte das Stadtoberhaupt von Perosch ein großes Gastmahl angerichtet, an dem das gesamte Heer und alle Einwohner der Stadt teilnahmen. Und als Anahit und Watschagan auf ihrem Heimweg durch Perosch zogen, baten die Einwohner Watschagan, ihnen einen Bischof zu senden, damit er sie taufe.

Schon zwei Tage darauf entsandte Watschagan den Katholikos Schupharische, der alle Einwohner Peroschs taufte.

Watschagan und Anahit aber lebten glücklich und herrschten gerecht bis in ihr hohes Alter.

Howhannes Tumanjan

(*1869, Dser/Armenien, †1923, Moskau/Russland)

Der »Dichter aller Armenier«, wie sich H. Tumanjan selbstbewusst nannte, kam im nordarmenischen Dorf Dser (Provinz Lori) als Sohn eines Geistlichen zur Welt. Nach dem Tod des tief verehrten Vaters brach er seine Ausbildung (1883-87) in Tiflis, dem damaligen Verwaltungs- und Kulturzentrum des Südkaukasus, ab und kehrte zunächst in sein Heimatdorf zurück, wo er als Schreiber tätig war. Wieder in Tiflis, gründete Tumanjan 1899 mit seinem Freund Rasaros Arajan und anderen die nach ihrem Versammlungsort benannte Literaturgruppe *Wernatun* (Dachstube) und engagierte sich gesellschaftlich sowie karitativ.

Wegen seiner unerwünschten Schlichtungsversuche im Konflikt zwischen Armeniern und Aserbaidschanern geriet Howhannes Tumanjan 1908-09 und 1911-12 in Haft, wo er die gleichnamige Fabel *Ein Tropfen Honig* aus dem *Fuchsbuch* des hochmittelalterlichen Dichters Wardan Ajgekzi bearbeitete. Dabei weitete Tumanjan nicht einfach Ajgekzis kurze Prosafabel zu einem satirischen Versmärchen um, sondern verlieh dessen Moral eine tagesaktuelle Aussage. Sein Antikriegsgedicht entstand 1909, als der populäre Autor in der Festung von Tiflis einsaß, einem düsteren Staatsgefängnis in der damaligen Metropole des vom russischen Kaiser beherrschten Südkaukasus. Die Entstehung des Verspoems fiel in eine Periode, als das Zarenreich zahlreiche prominente Armenier als angebliche Revolutionäre einkerkerte. Vorausgegangen war 1905 der erste »armenisch-tatarische Krieg«: bewaffnete Auseinandersetzungen zwischen Aserbaidschanern und Armeniern, bei denen sich die Polizei und das Militär auf die Seite der »Tataren«[12] stellten, so dass die Zahl armenischer Opfer weit höher lag.

Doch Tumanjan beklagt nicht nur das eigene Volk, sondern zeigt beide Konfliktparteien als Opfer.

Ein Tropfen Honig spielt zwar auf den aktuellen politischen Konflikt an, aber wie jedes literarische Werk von dauerhafter Bedeutung besitzt auch dieses eine über das Tagesgeschehen hinausreichende Aussage: Im Hirten und Hundebesitzer ist nicht nur der Aserbaidschaner angedeutet, im Laden- und Katzenbesitzer nicht nur der Armenier. Tumanjan bezieht sich mit dem unversöhnlichen Gegensatz von Hund und Katze, Hirte und Händler auch auf den uralten Konflikt zwischen nomadischen und ackerbauenden Kulturen, der die Menschheitsgeschichte seit Kain und Abel durchzieht. »Kleine Ursache, verheerende Wirkung«, so lautete bereits die Moral in Ajgekzis Fabel. Tumanjan, der Pazifist, zeigt, wie sich die sinnlose Raserei ethnischer Konflikte zum alles verschlingenden Krieg ausweitet, bei dem es keine Sieger gibt.

Ein Tropfen Honig

Ein Bauer machte einen Laden auf,
bot an alles Mögliche zum Verkauf.
Und sieh, eines Tages vom Dorf nebenan,
den Stock in der Hand, den Hund im Gespann,
kommt ein armer Hirte herein:
»He Freund!« ruft er, »gegrüßt sollst du sein!
Hast du Honig im Laden?«
»Gewiss, gewiss, was du brauchst, sollst du haben!
Gib, Bruder Hirte, dein Gefäß,
nimm von dem besten, dank Gott und iss!«
So fließen noch süßer als Honig die Reden,
so ehrlich, so freundlich wie selten im Leben.
Als man den Honig auf die Waage stellt,
ein Tropfen davon zu Boden fällt.
»Dz, dzz«, eine Fliege mit hungrigem Magen
kommt, um sich an jenem Tropfen zu laben.
Doch als des Ladenbesitzers Katze
die Fliege erspäht von verstecktem Platze,
springt sie dazwischen,
das Tier zu erwischen …
Aber kaum hat die Katze den Sprung getan,
fängt der Hund des Hirten zu bellen an.
»Wau, wau«, macht er,
springt hinterher,
in einem Satze,
dass der armen Katze
durch sein Riesengewicht
das Rückgrat bricht.
»Erwürgt, ermordet mein wertvolles Tier!
Wart nur, du Hund, ich geb᾽ es dir!«
ruft der Händler wutentbrannt

und nimmt einen schweren Knüppel zur Hand,
schlägt auf den Hund ein, immer wieder,
und streckt ihn neben der Katze nieder.
»Weh, mein Löwe ist von mir gegangen!
Was soll ich mit Herde und Haus anfangen?
Wäre ich niemals hierhergekommen,
mein tapferer Hund wäre mir nicht genommen …
He, Kaufmann, du elendes Biest,
so streitsüchtig, unverschämt und mies!
Erschlagen hast du mein liebes Tier!
Hier, steck das ein und krepier …«,
sagt er, und sein Hirtenstab
fährt auf den Schädel des Mannes herab;
dessen Gehirn, in zwei Hälften zerschlagen,
fällt auf die Schwelle der Tür zum Laden.

»He, zu Hilfe! – Mörder im Ort!«
fliegt nun eilig die Kunde fort,
von Mund zu Mund, von Haus zu Haus:
»He, zu Hilfe! – Lasst sie nicht raus!«

Herunter, herauf von allen Plätzen,
von den Straßen und ihren Arbeitsstätten
schreiend und rufend,
lauthals fluchend -
Vater und Mutter
mit Onkeln und Tanten,
Frauen und Männer
mit allen Verwandten:
die Schwiegermutter,
der Schwiegervater,
Schwager und Freund
und selbst der Pater …

Wer hört nicht noch der Kunde Schrei,
lässt alles liegen und eilt herbei?
Und wer sich beim Laufen zu nahe wagt,
dem wird mit der Faust die Meinung gesagt:
»He, du Barbar, du schäbiger Lump,
du feige Hyäne, du räudiger Hund!
Kamst du, um nach der Ware zu fragen
oder um einen Mann zu erschlagen?«

Und wie sie schreien und wie sie schlagen,
als ob sie den Wettkampf im Prügeln austragen;
der Mann als Masse aus weichem Teig
bleibt liegen neben dem Hundeleib.

Die schlechte Nachricht eilt fort wie der Wind,
bis man sie im nächsten Dorf vernimmt:
Es soll jemand kommen, und zwar geschwind,
der die Leiche nebst Hund zum Teufel bringt …

Sie hörten das,
erschreckend und blass;
was geschehen war, war kein Spaß,
es weckte in ihnen Grimm, Rachsucht und Hass.

»Los, auf die Beine«, riefen sie,
»beleidigt, ermordet haben sie
unseren Mann.
Und wer kann,
zu Pferd geschwind!
Das Spiel beginnt!«
Wie ein Fliegenschwarm, der wild
aus einem stürzenden Mülleimer quillt,
so stürmten sie aus jedem Haus

bis an die Zähne bewaffnet hinaus.
Der eine trägt ein Schießgewehr,
der andere Beil, Dolch und noch mehr;
der eine Stock und Ruderschaft,
der andere hat Sichel und Schaufel gerafft.
Viele zu Pferde, zu Fuß noch viel mehr,
Diener und Herr schreiten einig einher.
Der Hut fehlt dem einen, dem andern die Schuh,
so ziehen sie hin, jenem Dorfe zu:
»Hei, was für ein gottloser Fleck!
Kein Gewissen im Hirn, nur Dreck!
Da gehst du hin, um was zu besorgen,
und wirst zum Opfer meuchelnder Horden!
Fluch über euch und euer Nest!
Über eure Häuser die Pest!
Gehen wir, brennen wir,
morden wir, sengen wir …«

»Vorwärts, auf sie …« Könnt ihr es sehen?
Zwei Dörfer, die gegeneinanderstehen
und voll von Wut den Kampf beginnen,
schießen um sich, schlagen, ringen.
Und jeden töten sie zornentbrannt,
nach dem ihr Blutdurst lechzend verlangt.
Es packt sie der Teufel, der Wahnsinn dazu,
sie metzeln sich nieder, und dann erst ist Ruh.

Nun aber hört: das Unheil reicht noch nicht,
denn beide Dörfer liegen dicht
an der Grenze, zu beiden Seiten,
also in verschiedenen Reichen.
Der König des einen Landes prompt,
als ihm die Kunde zu Ohren kommt,

hält eine strenge Kundgebung ab
und spricht wie folgt zum Volke herab:
»Hör, Volk, das sich meiner Gunst erfreut,
Soldaten, Arbeiter, Handelsleut,
von jedem Rang,
von jedem Stand,
meiner Herrschaft Untertanen!
Ein grausames Volk unter fremden Fahnen
von Verrätern, Gesindel und Barbaren
ist über unsere Grenze gekommen,
hat mordend und brennend ein Dorf genommen.
Von finsteren Zornes Sucht getrieben,
haben sie unsere Kinder, die lieben,
die friedlich schliefen in der Nacht,
zu Opfern von Schwert und Flammen gemacht …!
So vernichtet von Feuersbrunst
schreien diese Opfer nach uns!
Rache, Rache fordern sie!
Nachsicht verziehen die Waisen uns nie!
Wir nun, obwohl mit Unbehagen,
dürfen nicht der Pflicht entsagen,
im Namen Gottes, des Gerechten,
und des heil'gen Gerichts zu fechten
und mit den modernsten unserer Waffen
den Feind zu umzingeln und niederzumachen!«

Der andere König würdevoll
verkündet nun vor dem ganzen Volk:
»Ob vor Gott oder dem Gewissen
der ganzen Menschheit, sollt ihr wissen,
müssen wir die Stimme erheben,
gegen alles und gegen jeden,
der, wie unser Nachbarland

niederträchtig es verstand,
die Waffen gegen den Frieden zu wenden
und das heilige Bündnis zu schänden
mit Zwietracht, Bosheit, Zank und Streit!
So müssen wir, es tut uns leid,
im Namen der Opfer dieser Verräter,
im Namen des Landes unserer Väter,
im Namen von Ehre, Gerechtigkeit
und Gottes unsterblicher Herrlichkeit
das Schwert zum Kampfe nun erheben
und schonungslos den Feind zu zertreten!«

Und Krieg war, Jammer, Qual und Not,
Zerstörung, Mord, Gemetzel, Tod.
In Strömen flossen Blut und Tränen,
keine Stadt, kein Dorf blieb mehr bestehen.
Mauerreste, Rauch und Leichen
zeugen von zwei mächtigen Reichen.
Sommer, Winter,
Jahr um Jahr
kommt und geht.
Zerstörte Äcker,
wüste Felder,
unbesät.

Doch nicht vorbei war Kampf und Elend:
Hungersnöte, lang, verheerend,
brachten Seuchen, und am Ende
zog ein jeder in die Fremde.

Und hilflos lag in aller Munde
angstvoll die Frage nach dem Grunde:
Was konnte nur geschehen sein,
dass solch ein Unglück brach herein?

(Übers. von Gerayer Koutcharian und Winfried Dallmann)

In Tumanjans Märchenwelt

Während einer Phase der politischen Reaktion, die Tumanjan in eine Schaffenskrise stürzte, verfasste er über 50 kleine Prosawerke, die unter dem Oberbegriff »Märchen« in die Literaturgeschichte eingingen. Genau genommen handelt es sich um unterschiedliche Prosagattungen wie Legenden, Sagen sowie diverse Kurzformen wie Fabeln, Gleichnisse, Schwänke und Anekdoten, deren überlieferte Motive und Stoffe Tumanjan der Volksdichtung entnahm.

In einer zweiten Phase, 1908 bis 1915, übersetzte er Volks- und Kunstmärchen aus verschiedenen europäischen Sprachen. Einiges wird deutschsprachigen Lesern auf Anhieb bekannt vorkommen: Im *Tapferen Nasar* werden sie das Schneiderlein aus dem Grimm'schen Märchen wiederentdecken, und der schlaue Fuchs aus dem Märchen *König Tschach-Tschach* ist ein Verwandter des gestiefelten Katers, der einem armen Hans zum großen Glück verhilft. In den *Weggefährten* klingen die »Bremer Musikanten« an, und im Märchen *Sutlik orskane* (»Jägerlatein«) der »Lügenbaron« Münchhausen. Auch das *Mädchen ohne Hände* stammt aus der Sammlung der Gebrüder Grimm.

Doch nicht allein die äußeren Umstände und die nationale Kostümierung dieser Märchen führen in Tumanjans Armenien zurück, sondern mehr noch die Denk- und Sichtweise der Protagonisten. Der tapfere Nasar, dieser jämmerliche Feigling, der durch Missverständnisse und unverdient den Ruhm eines außerordentlichen Helden erlangt, zeigt am Ende eine ganz unmärchenhafte, zutiefst selbstironische Einsichtsfähigkeit: »Welche Tapferkeit denn, welcher Verstand, welche Begabung? Das sind bloß leere Worte. Man muss Glück haben. Hast du Glück, kannst du das Leben meistern ...«

Tumanjans Schwänke verspotten die Einfalt (*Der Karneval*;

Schwester Axt; Der Schlaue und der Törichte; Panos; Kikos), die gleichnishaften, oft mit Versen durchsetzten Märchen die Habgier (*Der Goldkrug*) und den Neid (*Das Mädchen ohne Hände*). Vordergründig völlig unpolitische Märchen wie *Der unbesiegbare Hahn* enthalten eine tiefere Botschaft an armenische Leser: So dürfen wir den Hahn als Personifikation des armenischen Volkes auffassen, wie es sich in bester selbstironischer Tradition wahrnimmt: ein wenig vorlaut, ein wenig prahlerisch, Niederlagen beständig in Siege umdeutend und gerade deshalb auch lebensstark und alles Unheil überwindend; ein gerupfter, geschlachteter und gesottener Hahn, dessen Ermordung seinem Unterdrücker zum Verhängnis wird. Dieser vorlaute Hahn schwingt sich am Ende wieder auf den First und lässt seinen herausfordernden Ruf erschallen, während sein Verfolger zugrunde geht.

Das Ende der Bosheit verarbeitet historische Erfahrungen mit Kindeswegnahme bzw. »Knabenlese« (türk. *devşirme*) und Knechtschaft: Der listige Fuchs (‚Das ist mein Berg/ das ist mein Baum!') fordert von der verzweifelten Kuckucksmutter ein Junges nach dem anderen als Tribut für das Bleiberecht, bis der kluge Rabe die Mutter zum Widerstand ermutigt. In *Der König und der Krämer* muss der iranische Schah Abbas I. erkennen, dass sein Volk ihn belügt, denn »solange es Schah und Sultan, Gefangene und Sklaven gibt, wird auf dieser Welt kein aufrichtiges Wort gesprochen, gibt es weder Leben noch Liebe.«

Die originellen, frischen Bilder und Vergleiche seiner Märchen mögen scherzhaft wirken, Tumanjans Absichten sind jedoch ernst. Der Dichter besaß trotz aller Einsicht in die Dummheit und Grausamkeit seiner Zeit noch die aufklärerische Hoffnung auf Bildung als Transportmittel des Fortschritts. Da er Märchen schätzte und Kinder liebte – er selbst war zehnfacher Vater -, wurde er zum Begründer der armenischen Kinderliteratur, indem er in Zusammenarbeit mit dem Pädagogen und Schriftsteller Lewon Schant (1869-1951) sowie mit dem Philologen Stepan Lisizjan (1865-1947) 1907 das Erstlesebuch *Die Fackel* herausgab und 1909 mit seinen Schriftstellerfreunden Rasaros Arajan (1840-1911) und Wrtanes Papasjan (1864-1920) für Kinder die zweibändige Sammlung *Armenische Schriftsteller* veröffentlichte. In diese lehrreiche Kinderliteratur bezog er die der Volksliteratur entlehnten Märchen und Schwänke ein. Daher haftet vielen seiner unter der Sammelbezeichnung »Märchen« veröffentlichten Gleichnisse und Fabeln ein belehrender Zug an.

Tumanjans Wertschätzung der Märchen erklärt sich aus seinen Idealen: Im Märchen siegt gesetzmäßig das Gute und triumphiert die Gerechtigkeit. In Tumanjans realer Welt dagegen herrschten Gewalt und interethnischer Hass. Der Dichter wurde nicht nur zum Zeitzeugen der Massaker des Jahres 1905, sondern der größten Bedrohung, die sein Volk in seiner dreitausendjährigen Geschichte erlitten hat. 1915 plante und organisierte das damalige Nationalistenregime der sogenannten Jungtürken die Vernichtung der armenischen Staatsbürger des Osmanischen Reichs. Die unter russischer Herrschaft lebenden Armenier mussten der Ermordung ihrer Landsleute jenseits der Staatsgrenze ohnmächtig zusehen. Die Vernichtung großer Teile seines Volkes war für Tumanjan so niederschmetternd, dass er fortan keine Geburtstagsfeiern mehr ertrug. Schon 1916 schwor er vor seinen Schriftstellerkollegen, »nie und auf keine Weise irgendwelche Jubiläen zu feiern«.

In seinen Memoiren erinnerte sich der Bühnenautor und Dichter Tigran Hachumjan an eine Begegnung mit Tumanjan in jener schweren Zeit:

»Das war am 28. Mai 1918, als die türkische Invasionsarmee bis zum heutigen Wanadsor vordrang. Die Einwohner der Stadt flüchteten auf der Straße durch die Pambak-Schlucht zur

Eisenbahnlinie in Richtung Tiflis. Seit dem frühen Morgen regnete es unaufhörlich. Alle waren bis auf den letzten Faden durchnässt. Unbeschreiblich müde und hoffnungslos bewegten sie sich in unbekannter Richtung.

Am Abend erreichte der Flüchtlingsstrom das Dorf Dser, und viele fanden Unterkunft im Haus und Hof von Tumanjan, da keine andere Möglichkeit vorhanden war, diese Menge unterzubringen. Aufgewühlt lief er durch die Menge und betrachtete die Menschen, die ihr Heim und ihren gesamten Besitz zurückgelassen hatten und, an der Hoffnung auf Rettung verzweifelnd, nun im weiträumigen Hof seines Hauses lagerten … Obwohl dort an die 200 Menschen versammelt waren, herrschte vollkommene Stille …

Tumanjan verspürte unmittelbar die in dieser grausamen Stille heranreifenden Anzeichen der seelischen Massendepression. Er begriff, dass diese Menschen nicht mehr die Kraft besaßen, jene äußerste Grenze der Selbstbeherrschung einzuhalten, die sie vom völligen Irrsinn trennte. Mit gewaltiger Anstrengung zwang er sich selbst zur Gelassenheit, und mit heiterem Gesicht und gütigem Lächeln setzte er sich auf einen Baumstamm und begann mit den Leuten eines der tumanjanschen seelenberückenden Gespräche.

Und er erzählte eine Fabel nach der anderen, ohne Eile und mit großem Humor gewürzt. Mir erschien er von den tragischen Ereignissen entsetzt, aber er erfand die Fabeln an Ort und Stelle und erzählte und erzählte. Im Hof hatten die Flüchtlinge ein großes Feuer entfacht und sich darum versammelt. Still lauschten sie den tröstlichen Worten Tumanjans. Denn der große Schriftsteller war zugleich auch ein großartiger Erzähler und Gesprächspartner. Wer nicht das Glück besaß, ihn persönlich zu hören, darf nicht annehmen, Tumanjan wirklich zu kennen …

Und es geschah das Wunder: Auf den Gesichtern der um

das Feuer Versammelten erschien das Lächeln. Hier und da wurden Zwischenrufe vernehmbar, die Stimmung stieg, und Tumanjan »erinnerte« sich bei jedem Zuruf an eine weitere Erzählung, mit der er die Zuhörer zum Lachen brachte und aus der Hoffnungslosigkeit zum Leben erweckte, indem er ihnen Zuversicht und Glauben einflößte.

Darüber war es allmählich Nacht geworden, das Feuer sank in sich zusammen, die Stimme Tumanjans wurde ruhiger. Und dann sah er, wie jeder sich mit dem, was er gerade zur Hand hatte, bedeckte und sich zum Schlaf ausstreckte. Bald legten sich auch jene, die neben Tumanjan saßen, zum Schlaf. Die Stille des Hofes unterbrach nun nur noch der vielstimmige Atem der Schlafenden.

Ich weiß nicht, wie lange ich so geschlafen habe, aber als ich zu später Nacht meine Augen öffnete, war ich mir zunächst nicht bewusst, wo ich mich befand. Ich schaute mich um, und für einen Augenblick wollte ich nicht meinen Augen trauen: Vor dem Feuer, das inzwischen zu Asche geworden war, saß Tumanjan auf demselben Baumstamm als einziger, der wachte: Mit einem Stock in der Hand stocherte er in dem verglühten Feuer und weinte still, mit gesenktem Kopf ...«

Im Herbst 1921 reiste Tumanjan als Vorsitzender eines Hilfskomitees für notleidende Armenier nach Konstantinopel. Von den seelischen und körperlichen Strapazen dieser Reise hat er sich nie mehr erholt. Der Dichter und Lehrer seines Volkes, den man in seiner Bedeutung für die armenische Literatur mit der Puschkins für die russische verglich und den man schon zu Lebzeiten feierte und als »Fleisch vom Fleische des Volkes« bezeichnete, starb am 23. März 1923, für heutige Verhältnisse jung, mit nur 54 Jahren. Er wurde in der georgischen Hauptstadt Tiflis beigesetzt, in der Tumanjan, wie viele armenische Intellektuelle seiner Zeit, den größten Teil seines Lebens verbracht hatte.

In Deutschland, dessen Literatur der Dichter schätzte, erschien 1973 unter dem Titel *Das Taubenkloster* ein schmaler Band von Essays, Gedichten sowie Auszügen aus Tumanjans Verslegenden und Poemen als Ergebnis der Zusammenarbeit zwischen dem Schriftstellerverband Sowjetarmeniens und der Herausgeberin Elke Erb. In Westdeutschland blieb es bei der Veröffentlichung des Versmärchens *Ein Tropfen Honig* in der Berliner Literaturzeitschrift *litfass* (1979).

Tumanjans Welt gilt es also zu entdecken. Dieses Buch erschließt sie aus seinen Märchen, den schlichtesten und scheinbar anspruchslosesten unter seinen Werken. Tumanjan, den man den größten in einem an bedeutenden Dichtern reichen Land nannte, interessierte sich früh für die kollektiven und anonymen Formen der Volksdichtung. In Überlieferungen, Legenden, Sagen und Epen, aber auch in den Kurzformen der Volksdichtung, in Fabeln und Gleichnissen, Schwänken und Anekdoten erschloss sich ihm der ganze literarische Reichtum seiner Heimat wie auch der Weltliteratur. Deshalb sammelte er Märchen, deshalb übersetzte er in den Jahren 1908 bis 1915 Märchen aus verschiedenen Sprachen. Seine Auswahl traf er nach dem, was ihm gefiel oder was er für wichtig hielt. Die über fünfzig Märchen, die Tumanjan selbst verfasste, enthalten Motive und Stoffe dieses aus fremden wie eigenen Quellen schöpfenden Märchenstudiums. Die hier präsentierte Auswahl umfasst knapp die Hälfte der von Tumanjan verfassten Märchen. Fünf seiner ins Deutsche übersetzten Märchen erschienen bereits in der Sammlung *Das Taubenkloster*[13]. Im Unterschied zu jener Ausgabe beruht unsere Neuübersetzung nicht nur auf der armenischen Originalfassung, sondern folgt auch anderen Übersetzungsprinzipien. Wir versuchten, möglichst wenig einzudeutschen, um nach Möglichkeit die Farbigkeit und Ausdruckshaftigkeit des Armenischen auch in den Redewendungen und Vergleichen zu bewahren. Unter dem Titel

»Armenische Märchen« erschien diese Sammlung mit Illustrationen armenischer Kinder erstmals 2002 in Jerewan.[14]

Der Schlaue und der Törichte

Einst lebten zwei Brüder, schlau der eine und töricht der andere. Der schlaue Bruder misshandelte den törichten und ließ ihn für sich schuften. Er quälte den Törichten derart, dass dieser in Verzweiflung geriet und eines Tages zu seinem Bruder sprach:

»Bruder, iclh will nicht mehr mit dir leben. Zahl mir mein Erbteil aus, damit ich für mich allein lebe.«

»Einverstanden«, erwiderte der Schlaue, »treib die Herde zur Tränke, ich werde sie füttern, wenn du sie zurückbringst. Die Tiere, die in den Stall gehen, sollen mir gehören, die anderen, die draußen bleiben, kannst du nehmen.«

Der Törichte stimmte zu, trieb die Herde zur Tränke und brachte sie heim. Es war aber ein bitterkalter Wintertag, und als sich die frierenden Tiere der Tür des warmen Stalls näherten, gingen sie eilig eines nach dem anderen hinein. Nur ein krankes, räudiges Kalb blieb an der Tür stehen, um sich am Pfosten zu scheuern. Der Törichte legte sein Kalb an die Leine und nahm es mit zum Verkauf:

»Los, Kalb, komm schon …« Schreiend zog er weiter. Als er an einer alten Ruine vorbeikam und laut sein »los, Kalb, komm schon …« rief, vernahm er den Widerhall »los« aus der Ruine. Der Törichte blieb stehen:

»Du meinst mich, nicht wahr?«

Aus der Ruine erscholl die Antwort:

»Wahr!«

»Willst du das Kalb kaufen?«

»Kaufen!«

»Zahlst du denn viel?!«

»Viel!«

»Gleich oder danach?«

»Danach!«

»Gut, dann komme ich morgen, um das Geld abzuholen!«

»Holen!«

Der Törichte war es zufrieden und betrachtete das Kalb als verkauft. Er band es an die Tür zur Ruine und kehrte pfeifend heim. Am nächsten Tag stand er früh auf, um sein Geld abzuholen. In der Nacht aber hatten Wölfe das Kalb gefressen. Vor der Ruinentür fand er nur noch verstreute Knochenreste.

»Aha«, fragte der Dumme, »du hast das Kalb geschlachtet und verspeist, nicht wahr?«

»Wahr!«

»Das Kalb war gut gemästet, nicht?«

»Nicht!«

Der Törichte bekam es mit der Angst, denn er glaubte, die Ruine wolle ihn um seinen Verdienst prellen: »Das geht mich nichts an«, erwiderte er, »du hast gekauft und fertig. Ich muss mein Geld bekommen, Geldmünzen, insgesamt neun …«

»Nein!«

Nun reichte es dem Törichten. Mit seinem Stock begann er, auf die wackeligen, baufälligen Wände einzuschlagen. Nach einigen Schlägen lösten sich Steine aus der Wand. Gerade an dieser Stelle aber lag von alters her ein Schatz versteckt, und als die Steine herunterfielen, ergossen sich vor dem Törichten haufenweise die Goldmünzen.

»Na bitte … Aber was soll ich mit so viel Geld anfangen? Neun Dram[15] schuldest du mir, der Rest gehört dir. Was soll ich damit?«

Und er nahm ein Goldstück und ging nach Hause.

»Na, hast du dein Kalb schon verkauft?« Der schlaue Bruder lächelte spöttisch.

»Schon verkauft.«

»Wer hat es denn erstanden?«

»Eine Ruine.«

»Und hat sie bezahlt?«

»Freilich hat sie bezahlt. Anfangs wollte sie sich zwar widersetzen, doch als ich ihr ein paar Hiebe verpasst habe, warf sie alles, was sie besaß, mir zu Füßen. Ich nahm meine neun Dram, denn der Rest gehört ja ihr. Ich verließ sie, so wie sie war.« Und dabei zeigte er das Goldstück.

»Woher hast du das?« Die Augen des schlauen Bruders weiteten sich.

»Nein, ich zeige dir nicht die Stelle. Du bist viel zu habgierig und wirst so viel mitnehmen und mir zum Tragen geben, dass ich Rückenschmerzen davon bekomme.«

Der Schlaue versprach, dass er alles allein schleppen werde, nur solle ihm sein Bruder die Stelle zeigen:

»Gib mir, was du hast, und zeig mir die Stelle, wo das Gold liegt, damit ich dir Kleider kaufen kann. Du bist ja fast nackt!«

Als der Törichte von neuen Kleidern hörte, gab er seinem Bruder das Goldstück und zeigte ihm auch die Fundstelle. Der Schlaue sammelte das Gold ein, brachte es nach Hause und wurde reich. Aber seinem Bruder kaufte er trotzdem keine neuen Kleider. Immer wieder fragte der Törichte nach der Kleidung. Als er sie nicht erhielt, ging er zum Richter.

»Herr Richter«, klagte er, »ich besaß ein Kalb, das verkaufte ich einer Ruine.«

»Genug davon«, unterbrach ihn der Richter. »Woher kommt dieser Blöde? Wie hast du einer Ruine dein Kalb verkauft?«

Er verspottete ihn und ließ ihn aus dem Gerichtssaal werfen. Der Törichte klagte noch vielen Menschen sein Leid. Es wird erzählt, dass der arme Trottel bis heute nackt herumläuft. Bei jedem, den er trifft, beklagt er sich darüber, doch niemand glaubt ihm, und alle lachen ihn aus. Zusammen mit ihnen lacht auch der schlaue Bruder.

Wer sich des Lebens freuen will, dem geling das auch

Diese Begebenheit trug sich zu, als König Harun-al-Raschid in Bagdad herrschte. Er hatte bekanntlich die Gewohnheit, verkleidet seine Hauptstadt zu durchstreifen, um zu erfahren, was dort vor sich ging. Eines Nachts kam er, im Gewand eines Derwischs, durch eine entlegene Gasse, als er aus einer armseligen Hütte Gesang und Musik vernahm. Der König hielt inne, besann sich, doch da er neugierig geworden war, trat er ein. Er erblickt ein leeres Haus, vor dem Feuer sitzen der Hausherr und Musikanten um ein karges Mahl auf dem blanken Boden, singend und vergnügt.

»Friede mit euch, ihr fröhlichen Menschen!« grüßte der Derwisch die Anwesenden und verneigte sich höflich vor dem Hausherrn.

»Willkommen, ehrwürdiger Derwisch, »tretet näher! Lasst uns essen, was Gott uns zukommen ließ, und freut euch mit uns!« bat der Hausherr. Der Derwisch setzte sich neben sie, und sie fuhren in ihren Vergnügungen fort. Spät in der Nacht zahlte der Hausherr den Musikanten ihren Lohn und geleitete sie zur Tür. Als die Musikanten fort waren, fragte ihn der Derwisch:

»Wie heißt du, guter Mensch?«

»Hassan.«

»Ohne dir zu nahe treten zu wollen, Bruder Hassan, lass mich wissen, welchen Beruf du besitzt? Wie viel verdienst du, dass du deine Zeit mit Vergnügen verbringst?«

»Das Vergnügen hängt nicht vom Reichtum ab«, entgegnete Hassan, »auch mit dem geringsten Einkommen kann man fröhlich leben. Ich bin Flickschuster und verdiene sehr wenig. Wenn ich aber abends nach Hause komme, gebe ich die Hälfte meiner Einkünfte für meinen Lebensunterhalt aus, die andere Hälfte gebe ich, wie du bereits gesehen hast, den Musikanten. Wir sitzen und freuen uns miteinander, und wenn Gott uns einen so ehrlichen Gast wie dich schickt, freuen wir uns noch mehr!«

»Deine Freude währe ewig, Hassan, aber wenn die magere Quelle deiner Einkünfte versiegt, was willst du dann tun?«

»Warum sollte sie versiegen, weiser Derwisch?«

»Weil es zum Beispiel einen König und königliche Willkür gibt. Wenn nun der König befiehlt, dass es keine Schuster mehr gibt?«

»Ach, hat denn der König keine anderen Sorgen? Was haben ihm bloß die Schuster getan? Doch wenn es tatsächlich dahin kommen sollte, dann werden wir uns schon überlegen, was wir machen sollen. Nun aber lasst uns schlafen, weiser Derwisch. Gott ist gütig: Wer sich des Lebens freuen will, der wird auch einen Ausweg finden. Denn so ist die Welt beschaffen: Wie du auf sie blickst, so blickt sie auf dich zurück!«

»Wohlan, gebe Gott, dass es so kommt!« wünschte ihm der Derwisch, und damit legten sie sich zur Ruhe.

Früh am Morgen verließ ihn der Derwisch. Und nachdem er gegangen war, dröhnten die Straßen und Plätze Bagdads vom Geschrei der Ausrufer. Sie gaben bekannt, der König habe angeordnet, dass alle Schuster ihre Läden schließen müssten und keiner mehr diesen Beruf ausüben dürfe. Die Köpfe, die diesem Befehl nicht folgten, würden rollen … Dem armen Hassan rissen sie die Ahle aus der Hand und warfen ihn mit einem Schlag in den Nacken aus seiner engen Bude hinaus.

In der folgenden Nacht begab sich der König wieder im Derwischgewand in die Stadt. Erneut betritt er die enge Gasse, in der der fröhliche Hassan wohnt, und abermals vernimmt er Gesang und Musik aus dessen Haus. Der König trat ein.

»O edler Derwisch, nimm bitte deinen Platz ein!«

Sie saßen wieder beisammen, aßen, tranken, spielten, sangen und freuten sich bis spät in die Nacht. Um Mitternacht empfingen die Musikanten ihren Lohn und entfernten sich. Hassan und der Derwisch blieben allein zurück.

»Weißt du, was geschehen ist, weiser Derwisch?«

»Nun, was denn?«

»Was du gestern Abend voraussagtest, ist eingetreten! Heute verbot der König uns unseren Beruf.«

»Was du nicht sagst«, verwunderte sich der Gast. »Aber wie hast du das Geld erworben, um die heutige Vergnügung zu bezahlen?«

»Ich fand einen Tonkrug und verkaufe nun Wasser am Markt. Die eine Hälfte meines Erlöses geht für meinen Unterhalt drauf, die andere gebe ich den Musikanten und verschaffe mir einen geselligen Abend.«

»Doch wenn nun der König auch den Wasserverkauf verbietet, was dann?«

»Durch Wasserverkaufen schaden wir doch dem König nicht! Aber was soll ich mir jetzt den Kopf darüber zerbrechen? Erst wenn er es verbietet, werde ich mir Gedanken machen. Sei auch du unbesorgt, lieber Derwisch. Denn nie wird es mir an einem Stück Brot und einer Ecke mangeln, in der ich froh sein kann.«

»Nie soll die Freude in deinem Heim fehlen, du lieber Mensch«, segnete ihn der Derwisch und entfernte sich.

Früh am Morgen erdröhnte ganz Bagdad vom Geschrei der Ausrufer: Der König Harun-al-Raschid habe befohlen, dass das Wasser nur Gott gehört. Niemand darf es gegen Geld verkaufen. Alle Wasserkrüge müssen darum zerschlagen und alle Schläuche zerschnitten werden. Auch der Krug des armen Hassan wurde auf dem Weg zur Quelle zertrümmert.

Am folgenden Abend verkleidete sich der König wieder als Derwisch, um die Stadt zu durchstreifen. Und abermals vernimmt er, als er sich dem Hause Hassans nähert, Gesang und fröhlichen Lärm. Er tritt ein.

»Verehrter Derwisch, tretet ein und setzt Euch nieder, damit wir uns des Lebens freuen, den Tag verlängern und die Nacht verkürzen. Denn es ist besser, verehrter Derwisch, fröhlich zu sein als Trübsal zu blasen.«

»Freilich, der Frohsinn ist vorzuziehen. Sind wir doch alle sterblich, und wer kann, soll sich des Lebens freuen«, erwiderte der Derwisch und nahm neben Hassan Platz. Spät in der Nacht empfingen die Sänger ihren Lohn und verließen das Haus, nur Hassan und der Derwisch blieben zurück.

»Lieber Hassan, was habe ich da heute vernommen? Man sagt, der König habe den Wasserverkauf verboten? Ist das wahr?«

»Gewiss doch, man hat uns sogar unsere Krüge zerschlagen. Ihr seid wahrhaftig ein Prophet, denn was Ihr voraussagt, das geschieht am nächsten Tag!«

»Aber wie kommt es, dass du wiederum Vergnügen gefunden hast? Woher hast du das Geld?«

»Es wäre schön, wenn einem nur das Geld fehlte. Geld zu erwerben ist leicht, ehrwürdiger Derwisch. Ich habe mich als Tagelöhner verdingt. Von dem, was mein Brotherr mir gibt, gebe ich einen Teil für meinen Lebensunterhalt, das übrige den Musikanten und setze so die Freude fort. Denn das Wichtigste im Leben, ehrwürdiger Derwisch, ist das Herz!«

»Bei meiner Seele, es wäre wünschenswert, dass du mit diesem Herzen am Hofe des Königs dienen würdest!«

»O weh, Derwisch, Eure Prophezeiungen erfüllen sich stets! Wenn nun auch diese sich bewahrheitet?«

»Wie denn auch nicht? Auf der Welt ist nichts unmöglich«, entgegnete der Derwisch. Und damit trennten sie sich.

Am frühen Morgen erschienen Höflinge vor Hassans Hütte.

»Lebt hier Hassan, der das Vergnügen liebt?«

»Das bin ich«, antwortete Hassan erstaunt.

»Auf Befehl des Königs, folge uns!«

Hassan wurde geradewegs zum Hof gebracht, wo man ihm sagte, dass ihn der König zum Hofbeamten ernannt habe.

Man zog ihm ein höfisches Gewand an, gürtete ihn mit einem Schwert, und so stand er am Eingang des Hofes Wache. Den ganzen Tag lang stand Hassan tatenlos dort. Als es dunkelte, schickte man ihn ohne Lohn, doch mit dem Befehl, am nächsten Morgen früh wiederzukommen und Wache zu stehen, nach Haus.

Nachts verkleidete sich König Harun-al-Raschid abermals als Derwisch und ging in die Stadt. Er näherte sich schließlich Hassans Hütte und vernahm mit Erstaunen Gesang und Musik. Hassan ging seinen Vergnügungen nach. Der Herrscher trat ein.

»Ehrwürdiger Derwisch, möge dein Haus gedeihen! Siehe da, auch Eure gestrige Prophezeiung hat sich bewahrheitet: Der König machte mich zum Hofbeamten!«

»Was du nicht sagst!«

»Gott ist mein Zeuge!«

»Und dem Anschein nach hat er dich gut entlohnt?«

»Nein, keinen Pfennig habe ich gesehen. Er schickte mich mit leeren Taschen nach Hause.«

»Aber woher hast du das Geld für deine Vergnügungen?«

»Setzt Euch zu mir, dann berichte ich es. Man hat mich mit einem Schwert gegürtet. Am Abend, als ich nach Haus zurückkehrte, kam mir in den Sinn, dass ich ja doch niemanden töten werde. So habe ich die Klinge des Schwertes versetzt und statt ihrer eine Holzklinge am Knauf befestigen lassen. Die steckte ich in die Scheide, und mit dem Erlös bezahle ich dieses Vergnügen. Ich tat doch recht, nicht wahr? Denn ist es nicht besser, Vergnügen zu haben als ein Schwert, das Menschen tötet?«

»Ha, ha, ha«, lachte der Derwisch auf, »da hast du recht gehandelt, Hassan. Doch was, wenn dir der König am Morgen befiehlt, einen Verurteilten zu enthaupten? Was machst du dann?«

»Sprich nicht so, unheilverkündender Derwisch! Denn was du vorhersagst, erfüllt sich schrecklicherweise. Kannst du nicht einmal etwas Gutes prophezeien?«

Trübsal befiel Hassan und Angst ergriff ihn, so dass er die ganze Nacht keine Ruhe fand. Tatsächlich rief der König Hassan am nächsten Tag und befahl ihm, einen Verurteilten zu enthaupten:

»Zieh Dein Schwert und köpfe diesen Verbrecher!«

»Lang lebe der große König!« antwortete Hassan erschrocken. »In meinem ganzen Leben habe ich noch nie jemanden geköpft! Ich kann das nicht. An deinem Hof gibt es viele Männer, die haben mehr Übung darin. Befiehl es denen!«

»Ich befehle es dir«, mahnte ihn der König sehr streng. »Zögerst du auch nur einen Augenblick, rollt dein eigener Kopf. Zieh also dein Schwert …«

Nach dieser Drohung trat der unselige Hassan an den Verurteilten heran, erhob seine Arme und verkündete:

»Herr im Himmel, richte du über Gerechte und Ungerechte! Wenn dieser Mann schuldig ist, verleihe mir die Kraft, ihm mit einem Hieb den Kopf abzutrennen. Ist er aber unschuldig, soll sich mein Schwert in Holz verwandeln …«

Sprach's und zog sein Holzschwert. Dieses Wunder verblüffte die Höflinge sehr. Harun-al-Raschid aber lachte laut auf und erzählte alles. Die Höflinge lachten ebenfalls und priesen sowohl Hassan, der die Freude liebte, als auch den König. Es lachte selbst der elende Verbrecher, der kniend seinen Hals vorgestreckt hatte und auf den Schwerthieb wartete. Der König schenkte ihm das Leben, Hassan aber ernannte er im ganzen Reich zu seinem Vertrauten und gab ihm ein wichtiges Amt, damit er ein Auskommen besäße, um ohne Not sich des Lebens zu freuen und andere zu lehren, es ebenso zu halten.

Der unbesiegbare Hahn

Es lebte einmal ein Hahn, der hatte beim Scharren ein Goldstück gefunden. Da flog er auf das Dach und schrie: »Kikeriki, ich habe Gold gefunden!«

Der König vernahm es und befahl seinen Höflingen, dem Hahn das Gold zu entreißen und ihm zu bringen. Der Hahn schrie: »Kikeriki, der König lebt auf meine Kosten!«

Der König gab erschrocken das Goldstück seinen Höflingen und befahl: »Bringt ihm das zurück, sonst wird uns dieser Taugenichts vor aller Welt bloßstellen!«

Die Höflinge gaben dem Hahn das Goldstück zurück. Da flog er wieder auf das Dach: »Kikeriki, der König fürchtet mich!«

Nun erzürnte der König und befahl seinen Höflingen: »Geht«, sprach er, »und nehmt diesen Schurken fest. Schlachtet ihn, kocht ihn und setzt ihn mir zum Essen vor, damit ich mich von ihm befreie!«

Die Höflinge packten den Hahn, um ihn an den Hof zu schleppen. Der aber schrie: »Kikeriki, der König lädt mich zu Gast!«

Die Höflinge schlachteten ihn und steckten ihn in einen Topf. Der Hahn schrie: »Kikeriki, der König schickt mich ins warme Bad!«

Sie kochten ihn und setzten ihn dem König vor, aber der Hahn schrie: »Ich sitze mit dem König zu Tisch, kikeriki!«

Der König schluckte ihn hastig herunter, doch als der Hahn seinen Schlund passierte, schrie er: »Kikeriki, ich durchschreite enge Gassen!«

Der König begriff, dass der Hahn, obwohl verschluckt, doch nicht schweigt. Da befahl er seinen Höflingen, ihre Säbel zu ziehen und zuzustoßen, falls der Hahn nochmals schreie. Die Höflinge standen mit blankem Säbel bereit, einer zur Linken, ein anderer zur Rechten. Als der Hahn den Bauch des Königs erreichte, schrie er: »Einst war ich in der hellen Welt, nun bin ich in der dunklen, kikeriki!« – »Stoßt zu!« befahl da der König. Die Höflinge stießen zu und zerschlitzten den Bauch des Königs. Der Hahn sprang befreit heraus, floh und schwang sich auf den Dachfirst, von wo er schrie wie nie: »Kikeriki …!«

Die nichtsnutzige Huri

Einst lebte eine Frau, die hatte eine Tochter mit dem Namen Huri: ein faules, nichtsnutziges Ding. Vom Morgen bis zum Abend saß Huri herum, ohne einen Schlag zu tun:

> Die Arbeit ist mir zu niedrig,
> die Baumwolle zu kernig.
> Ich brauche Kaugummi,
> um vor der Türe zu hocken
> und den Leuten nachzuschauen.
> Ich trinke gern, ich esse gern.
> Naht der Abend,
> will ich schon zu Bett.

Deshalb nannten die Nachbarn sie die nichtsnutzige Huri. Aber die Mutter pries Huri überall: »Zentnerweise kämmt Huri Baumwolle, zentnerweise spinnt sie Wolle. Sie hechelt, sie walkt, sie schneidet zu und näht zusammen. Sie setzt den Brotteig an und bäckt, sie kocht. Kurz, sie ist Feuer und Flamme, und ihre Hände sind aus Gold.«

Dieser Lobpreis kam einem jungen Kaufmann zu Ohren. Das ist genau die Frau, die ich brauche, dachte er sich. Hals über Kopf eilte er zu Huri, heiratete sie und führte sie heim. Nach einer Weile kaufte er zehn oder zwanzig Fuhren Baumwolle und gab sie seiner Frau. »Huri«, sprach er, »ich bin in Geschäften unterwegs in fernen Ländern. Hechle und spinne diese Baumwolle. Wenn ich zurück bin, will ich sie verkaufen, um uns reich zu machen!«

Mit dem Kaugummi im Mund lief die nichtsnutzige Huri herum. Eines Tages, als sie am Fluss spazieren ging, hörte sie die Frösche quaken:

»Pepel …kekel …pepel …kekel …«

Die nichtsnutzige Huri rief: »He, du Mädchen Pepel! Wenn ich euch die Baumwolle gebe, würdet ihr sie dann hecheln und …«

»Ber, ber, ber … bring, bring, bring! «

Huri freute sich, brachte die Baumwolle und warf sie in den Fluss.

»Nun hechelt und spinnt! In wenigen Tagen kehre ich zurück, um sie abzuholen und zu verkaufen.«

Sie ging heim und kam einige Tage darauf zurück. Die Frösche quakten erneut:

»Pepel …kekel …pepel …kekel …«

»Ei, Mädchen Pepel, bring nun das Gesponnene!«

Die Frösche quakten weiter, brachten aber nichts herbei. Huri sah ihnen aufmerksam zu und entdeckte am Ufer sowie an den Steinen des Flusses dickes grünes Moos: Ach, dachte sie, fast hätte ich das übersehen. Sie haben gehechelt, gesponnen, gefärbt und Teppiche für sich geknüpft. Wenn es sich so verhält, dann sollen sie die Kosten erstatten. Und Huri stieg ins Wasser, um Geld von den Fröschen einzutreiben. Dabei stieß ihr Fuß an etwas Hartes. Als sie es aufhob, entdeckte sie ein Goldstück. Sie bedankte sich bei Pepel und Kekel und ging heim. Bald kehrte auch ihr Mann von der Reise zurück und erblickte das Gold in der Zimmernische.

»Frauchen, was ist das für Gold?«

»Das ist der Erlös für die Baumwolle, die ich Pepel und Kekel verkauft habe.«

Der Ehemann freute sich derartig, wie ihr euch hoffentlich auch einmal im Leben freuen werdet. Er lud seine Schwiegermutter zu Gast, machte ihr Geschenke und bedankte sich, dass sie ein so kluges, anständiges und fleißiges Mädchen großgezogen hatte. Er veranstaltete ein Freudenfest und lud Gäste ein. Die Schwiegermutter aber war schlau. Sie hatte gleich erkannt, was geschehen war, und sorgte sich nun, dass der Ehemann Huri weitere Aufgaben stellen und so das Geheimnis des Goldsegens lüften könne. Als die Feier ihren Höhepunkt erreichte, flog ein Maikäfer ins Haus hinein und summte durch das Zimmer. Die Schwiegermutter erhob sich, begrüßte den Käfer und sprach ihn an:

»Liebe Tante, sei herzlich willkommen! Wie geht es dir? Wo warst du? Wo hast du so lange gesteckt? Warum arbeitetest du so hart, dass du zum Käfer geworden bist?«

Der Schwiegersohn war äußerst erstaunt:

»Was ist mit dir los? Was redest du da mit einem Käfer? Und was soll das mit der Tante?«

Die Schwiegermutter seufzte: »Warum soll ich es vor dir geheim halten? Dieser Käfer ist meine Tante. Sie war äußerst fleißig. Den ganzen Tag arbeitete sie so hart, bis sie schrumpfte und zum Käfer wurde. In unserer Familie gibt es diese Eigenart. Wir sind zwar fleißig, aber vor lauter Arbeit schrumpfen wir und wandeln uns schließlich zu Käfern.«

Da ergriff den Kaufmann so große Angst, dass ihm fast die Lippen davon geplatzt wären. Und er verbot Huri jede weitere Anstrengung, damit sie nicht gleich ihrer Tante zum Käfer würde …

Die Paradiesblume

Einst lebte ein Kaufmann in unserem Land. Der Kaufmann hatte eine Tochter, die Tsarik hieß, das Blümchen. Tatsächlich glich Tsarik einer Blume: Zart, bunt und äußerst schön. Der Vater liebte das Mädchen über die Maßen. Einmal, als er ins Ausland reisen wollte, fragte er seine Tochter:

»Was soll ich dir mitbringen?«

»Ich möchte, dass du mir die Paradiesblume bringst.«

»Einverstanden, ich werde sie dir bringen«, versprach der Vater.

Der Kaufmann fuhr von Land zu Land, erledigte seine Handelsgeschäfte und wollte schließlich die Paradiesblume erwerben, um nach Hause zurückzukehren. Er fragte bald hier nach der Blume, bald dort, aber keiner hatte je von ihr gehört. Schließlich traf er einen Greis, der ihm einen Weg wies und sprach: »Du gehst diesen Weg, und an dem bestimmten Ort findest du die Blume. Doch hüte dich vor dem weißen Dämon, der die Paradiesblume bewacht.«

Der Kaufmann schlug den Weg ein, den ihm der Greis gezeigt hatte. Er ging und ging, ob lang oder kurz, und erreichte den Ort, an dem die Paradiesblume wächst. Kaum aber hatte er die Blume gepflückt, brach ein Sturm los, und mit dem Sturm erschien der Dämon. Er sah nicht wie ein Mensch aus, und auch nicht wie ein Raubtier, aber er brüllte wie ein wildes Tier:

»Warum hast du meine Blume gepflückt? Dafür wirst du sterben!«

»Du wirst sterben«, klang es von allen Seiten. Der Kaufmann warf sich vor dem Dämon zu Boden, halb tot und halb lebendig.

»Vergib mir, Mächtiger … meine Tochter hatte sich diese Blume gewünscht …«

»Ich werde dir verzeihen«, rief der Dämon, »unter der Bedingung, dass du mir das Mädchen gibst.«

»Ich bin einverstanden.«

»Da du einverstanden bist, schenke ich dir das Leben. Geh nun, und wenn der Berg vor eurem Haus weiß wird, ist das das Zeichen. Dann komme ich, um Tsarik zu holen.«

Der Kaufmann kehrte nach Hause zurück. Die Tochter eilte ahnungslos ihrem Vater entgegen, und sie umarmten einander. Der Vater küsste seine Tochter, gab ihr die Paradiesblume, schwieg aber über die Begegnung mit dem Dämon und sein Versprechen. Er behielt dies als Geheimnis für sich. Doch sorgte er sich und wurde traurig. Je mehr Tage verstrichen, umso mehr wuchs auch seine Traurigkeit. Eines Tages entdeckte er nach dem Erwachen, dass der gegenüberliegende Berg bereits weiß geworden war. Da brach er in Tränen aus. Man fragte ihn nach dem Grund, und nun konnte er nicht länger mehr schweigen. Er erzählte alles, wie es sich zugetragen hatte, und dass er sein Wort gegeben hatte, und dass der weiße Dämon kommen werde, um Tsarik zu holen.

»Gräme dich nicht, Vater«, erwiderte Tsarik, »ich werde mit dem weißen Dämon gehen, was auch immer geschehen wird.«

Da stand der weiße Dämon bereits an der Tür und dröhnte: »Wo ist Tsarik, wo? Gib sie mir!«

Er brüllte, und vor seinem eiskalten Atem erzitterten die Bäume und die Welt erbleichte. Was hätten arme Menschen dagegen ausrichten können? Geschmückt und aufgeputzt überließen sie Tsarik dem weißen Dämon, der mit bösartigem Pfeifen und gierigem Geheul kalt, dunkel und stürmisch Tsarik raubte und sie in die tiefste Spalte im Berg Massis[16] verschleppte. Dort, in diesem entsetzlichen Schlund, stand unerreichbar in ewig dunkler und kalter Welt sein Kristallschloss. Vor diesem Schloss saß der Dämon ab, bedeckte die Erde mit Kälte, und

Angst raubte allem Lebendigen den Lebensodem. So nahm er Tsarik mit sich und sperrte sie in sein Kristallschloss.

Danach verstrichen Monate. Im Frühjahr, als der weiße Dämon einmal das Schloss verlassen hatte, gelang Tsarik die Flucht. Der Dämon kehrte heim und entdeckte, dass Tsarik nicht mehr da ist. Wütend sammelte er all seine dämonischen Kräfte und stürmte voran, wie eine Schlange zischend, um Tsarik zu verfolgen. Tsarik hatte soeben den Fuß des Berges Aragaz erreicht. Sie blickte sich um: Er naht, und wie, dass Gott bewahre! Da schrie sie vor Entsetzen auf und rief um Hilfe. Und auf Gottes Geheiß tat sich eine Pforte auf, und Tsarik schritt durch die Pforte in den Berg. Sofort schloss sich hinter ihr die Pforte. Das versetzte den Dämon in noch ärgere Wut, und mit seinen breiten Tatzen schlug er auf den Aragaz-gipfel ein und brüllte:

»Wo ist Tsarik, wo? Gebt sie mir!«

Wir aber lassen ihn dort wüten und wollen Tsarik nachge-hen, um zu erfahren, was mit ihr geschah, nachdem sie die Zauberpforte durchschritten hatte. Denn sowie sie die Pforte durchschritten hatte, gelangte sie in einen Paradiesgarten, in dem Tausende von Stimmen sangen:

> Im Smaragdschloss, im Sarg aus Gold
> schläft, verzaubert von bösen Kräften,
> ruht der Ari so schön und so hold,
> halb ein Toter und halb nur lebendig.
> Alle Welt trägt schwarze Trauer.
> Denn er ruht bis zu jenem Tag,
> jenem ersehnten, glanzvollen Tag,
> wo sie kommt, der Liebe voll,
> um ihn mit süßem Kuss zu erwecken.

Tsarik setzte ihren Weg fort. Da erfüllte sich der Garten auf einmal mit fröhlichem Lärm, und freudige Lieder erklangen:

Nun ist sie gekommen.
Soeben erreicht
die Liebe den verzauberten König.
Er steht nun auf vom kalten Sarg,
unser tapferer Ari-Armaneli.
Er wird sich erheben,
der treffliche Herrscher, der herrliche Ari.
Der ganzen Welt, dem Spross der Blumen
lächeln seine warmen Augen.
Jetzt weicht der Bann
des bösen Feindes, des weißen Dämon.
Bald naht das grüne Leben,
der Blumenduft und Sonnenschein.

Tatsächlich erblickte Tsarik beim Näherkommen mitten im Garten einen Smaragdpalast, und im Palast einen goldenen Sarg und in dem Sarg einen jungen schönen Mann, weder tot, noch lebendig, dessen Herz kaum schlug. Bei seinem Anblick stand Tsarik das Herz fast still. Sie konnte sich nicht länger beherrschen. Weinend beugte sie sich über ihn, küsste ihn und benetzte mit ihren Tränen das Gesicht des Jünglings. Da schlug er die Augen auf und erhob sich, schlank, wie eine im Paradies gewachsene Platane. Er ist wahrhaftig Ari-Armaneli und kein anderer.

»Wer bist du, schönes Mädchen?« fragte Ari-Armaneli. »Wie bist du in diese Welt gelangt?«

Tsarik erzählte alles, was ihr widerfahren war und wie sie gefangengenommen wurde von dem weißen Dämon, der sie noch immer verfolgte.

»Ich höre, ich vernehme seine grausame Stimme«, antwortete Ari-Armaneli. »Auch mich hatte er in seiner Gewalt und versetzte mich vor Monaten in einen totgleichen Zustand. Er wiederholt das Jahr um Jahr. Ich wäre in diesem Zustand geblieben, wenn nicht sein böser Zauber gebrochen wäre, und du bist meine Retterin. Nun will ich ihm entgegentreten!«

Gesagt, getan. Er ergriff sein Blitzschwert und trat aus dem Berg. Wie zwei feindliche Naturgewalten trafen sie aufeinander, und es begann ein Kampf auf Leben und Tod. Sie schlugen und wurden geschlagen. Himmel und Erde mischten sich. In den dunklen Wolken brüllte der weiße Dämon. Ari-Armaneli donnerte schreckerregend dahin und schwang sein Blitzschwert. Am Ende des Kampfes aber zieht sich der weiße Dämon wieder in sein finsteres Reich zurück, in den tiefsten Spalt im Massis. Und wieder verbirgt er sich in seinem kalten Kristallschloss. Die Erde aber gehört dem gütigen Sieger. Und es kommt zu einer göttlichen Feier im Tal des Arax: Ari-Armaneli ehelicht Tsarik. Die Natur legt ihren Schmuck an, reich und üppig: Rosen und andere Blumen. Mensch, Käfer, Vogel, sie alle sind emsig beschäftigt, und ihr munterer Lärm, ihr Geschrei, ihr Spiel, Spaß und Gesang vermengen sich, und über all dem spannt sich das grün-rote Gewölbe der Regenbogen, und darüber strahlt die Frühlingssonne die Welt an.

So wiederholt es sich Jahr um Jahr, weil in jedem Jahr der weiße Dämon den Ari-Armaneli verzaubert und ihm die schöne Tsarik raubt.

Jägerlatein

Bei der Taufe meines Vaters und bei der Geburt meiner Mutter, an dem Tag brachen wir auf und gingen zu fünf oder sechst auf die Jagd, mit dem Schwert und mit der Flinte. Mit uns kamen Hadi, Hudi, Tschati und Mati, und so zogen wir los, mein Vater und ich.

Wir zogen geradeaus durch Täler und Berge. Wo es etwas zu jagen gab, schwiegen wir still, und wo es grauslich war, gingen wir geduckt. Wir gingen und gingen, wir gingen hin und gingen her, wir gingen sehr weit oder auch wieder nicht sehr weit, da erblickten wir auf einmal die drei Seen, zwei davon trocken und der dritte ebenfalls wasserlos. Plötzlich entdeckten wir im wasserlosen See drei weiße Enten, die laut schrien. Zwei davon waren bereits tot, die dritte gar nicht mehr am Leben.

Hadi, schieß doch, schieß!
Ich hab' keine Flinte.
Hudi, schieß endlich!
Ich hab' auch kein Gewehr.
Tschati, Mati …
Wir auch nicht.
Was aber nun?

In der Hand trug mein Vater einen kurzen langen, zudem dicken und dünnen Stock. Damit zielte er. Und als er schoss, gab es auf einmal einen Knall. Er schoss, und ich schlug zu. Unter meinem Schlag fiel sie zu Boden, jeder Flügel mit einer Spannweite von fünfeinhalb Metern.

Hadi, das Messer!
Ich habe kein Messer.
Hudi, du?
Ich auch nicht.
Tschati, Mati?
Wir auch nicht …
Mein Vater hat eins,
doch ohne Klinge.

Mit dem klingenlosen Messer versuchte es Hadi, aber er scheiterte. Hudi gelang es ebenso wenig, Tschati und Mati auch nicht, ebenso wenig wie meinem Vater. Ich jedoch zog das klingenlose Messer und stach die Ente ab. Ich schlachtete sie ab und warf sie nieder. Was für ein Vogel! Groß wie ein Wasserbüffel. Hadi wollte sie hochheben, aber es fehlte ihm an Kraft. Hudi vermochte es ebenso wenig, und auch nicht Tschati und Mati. Nicht einmal mein Vater war dazu in der Lage. Ich aber nahm sie auf und trug sie auf meiner Schulter.

Wir gingen und gingen. Irgendwo erblickten wir drei Dörfer. Zwei davon waren gar nicht zu erkennen und das dritte völlig menschenleer. Im menschenleeren Dorf suchten wir hin und her, fanden schließlich ein Haus und in dem Haus drei alte Frauen. Zwei waren bereits tot, die dritte hatte keinen Odem mehr.

»Jungs«, ermutigten wir einander, »kochen wir die Ente mit Reis!«

Die Alte ohne Lebenshauch suchte hin und her und brachte schließlich ein halbes Reiskorn sowie drei Kupfertöpfe. Zwei davon waren löchrig und der dritte hatte keinen Boden. In den steckten wir die Ente und den Reis und kochten beides ohne Feuer. Es kochte und kochte, bis Fleisch und Reis verschwunden waren und nur das Wasser übrigblieb. Wir hungrigen Jägersleute langten tüchtig zu und aßen und aßen. Aber weder sahen unsere Augen etwas, noch kam etwas über unsere Lippen in den Mund.

Der Goldkrug

Diese Erzählung habe ich von unseren Alten vernommen, und die haben sie von ihren Vätern. Und die Väter vernahmen wiederum von ihren Alten, dass einst ein armer Bauer lebte, der einen Morgen Land besaß und ein Paar Zugochsen.

Doch im Winter gingen die Ochsen des armen Bauern ein. Im Frühjahr verpachtete er darum seinem Nachbarn den Acker, da er selbst keine Zugtiere mehr besaß. Beim Pflügen stieß die Pflugschar des Nachbarn auf einen großen irdenen Henkelkrug voller Gold. Der Nachbar ließ die Ochsen stehen und lief ins Dorf zum Eigentümer des Landes:

»Frohe Kunde, lieber Freund! Auf deinem Grund wurde ein Tonkrug voller Gold gefunden! Komm und hol ihn dir!«

»Nein, Bruder, das steht mir nicht zu«, antwortete der Bauer. »Du hast Pacht für das Feld bezahlt, du bestellst es nun, und was dabei zutage tritt, gehört ebenfalls dir, selbst wenn es Gold ist.«

Beide gerieten in Streit. Der eine sagte dem anderen, dass das Gold ihm gehöre, und der andere stritt es ab: Das ist doch deins. Der Streit entwickelte sich zur Schlägerei. Am Ende beklagten sich beide beim König. Als der König von dem Goldkrug vernahm, weiteten sich seine Augen:

»Nein, das Gold gehört weder dir, noch ihm. Sondern das Gold wurde in meinem Herrschaftsgebiet gefunden, gehört folglich mir!« sprach der König.

Er zog mit seinen Mannen los, um das Gold zu bergen. Doch als sie den Krug öffneten, entdeckten sie statt Gold lauter Schlangen darin. Verärgert und erschrocken kehrte der König zurück und gab Befehl, die beiden ungebildeten Bauern, die es gewagt hatten, ihn zu betrügen, zu bestrafen.

»Lang lebe der König«, riefen die beiden Armen, »warum bestrafst du uns? Du hast wohl nicht richtig in den Krug geblickt. Da sind keine Schlangen drin, sondern pures Gold, Gold!«

Der König schickte weitere Leute, um das zu überprüfen. Die Boten gingen und kamen mit dem Bericht zurück: Ja, es stimmt, im Krug ist Gold.

»Wahrhaftig«, wunderte sich der König, »vielleicht habe ich nicht richtig nachgesehen. Oder der Krug war nicht der richtige?«

Er erhob sich, ging abermals zu jenem Ort, öffnete den Tonkrug und sah ihn wiederum voller Schlangen.

»Was für ein Wunder ist das? Was soll das bedeuten? Ich verstehe das nicht!«

Auf Befehl des Königs versammeln sich die Weisen des Landes.

»Erklärt mir, ihr Weisen«, bat der König, »was das für ein Wunder ist? Diese beiden haben in ihrem Acker einen Krug voller Gold gefunden. Doch wenn ich gehe, um es zu holen, füllt er sich mit Schlangen. Gehen aber diese, dann füllt er sich wieder mit Gold. Was soll das alles?«

Die Weisen erwiderten: »Lang lebe der König! Erzürnt nicht über die Wahrheit! Der Goldkrug ist eine Belohnung und ein Geschenk für die Arbeitsliebe und Ehrlichkeit dieser beiden Bauern. Wenn sie zu dem Krug kommen, dann kommen sie zu ihrem ehrlichen Lohn. Geht Ihr aber – lang lebe der König! – dann geht Ihr, um das Glück anderer zu rauben. Daher wandelt sich das Gold in Schlangen.«

Der König war erschüttert und fand kein Wort der Erwiderung. »Nun gut«, sprach er schließlich, »dann entscheidet auch, wem jetzt der Krug gehört.«

»Selbstverständlich dem Inhaber des Ackers«, meldete sich der Pflüger. »Nein, er steht dem Pflüger zu«, wandte der Bauer ein.

»Nun gut«, fragten die Weisen, »was habt ihr beiden denn für Kinder?«

Es stellte sich heraus, dass einer eine Tochter und der andere einen Sohn besitzt, beide im heiratsfähigen Alter. Die Weisen entschieden, die beiden zu verheiraten und das Gold ihnen zu

lassen. Dem stimmten die beiden ehrlichen Bauern mit großer Freude zu. Der Streit fand sein glückliches Ende, und die
Vorbereitungen für die Hochzeit begannen. Sieben Tage und
sieben Nächte dauerte das Fest, und das junge Paar erhielt den
Goldkrug zum Geschenk.

Das Gute also hier, das Böse bei dem habgierigen König.

Der Herr und sein Knecht

Gott sei euch gnädig und ebenso den beiden Brüdern dieser Geschichte! Sie dachten darüber nach, wie sie es anstellen
sollten, ihre Familien zu ernähren. Schließlich kamen sie über-
ein, dass der jüngere Bruder daheimbleiben solle, und der ältere
solle versuchen, sich bei einem reichen Mann zu verdingen und
den Lohn nach Hause zu schicken.

Und so trat der ältere Bruder bei einem Reichen in Dienst.
Die Frist des Dienstes setzten sie bis zum Kuckucksruf fest.
Doch der Reiche stellte noch eine unerhörte Bedingung:
»Wenn du dich bis zum Kuckucksruf ärgerst, bezahlst du mir
eintausend Dram. Und falls ich mich ärgere, bekommst du
das Geld.«

»Ich habe aber keine eintausend Dram. Wie soll ich sie dir
da zahlen?«

»Das macht gar nichts! Du wirst mir eben zehn Jahre ohne
Entgelt dienen«, erwiderte der Reiche.

Der ältere Bruder erschrak vor dieser ungewöhnlichen Bedingung und dachte darüber nach, wie es wohl ausgehen werde.
Schließlich sagte er:

»Ja, tun Sie, wie Sie wollen, ich werde mich nicht ärgern
lassen. Und falls Sie sich ärgern, dann sollen Sie auch dafür
zahlen. Gut also, ich bin einverstanden.«

Nach dem Abschluss dieser Übereinkunft begann er seinen

Dienst. Am folgenden Tag schickte der Herr seinen Knecht ins Feld zur Mahd.

»Geh«, sprach er, »solange es hell ist. Und wenn die Dunkelheit anbricht, kehrst du zurück!«

Der Knecht mäht den ganzen Tag lang, am Abend kehrt er müde heim. Der Herr fragt: »Warum bist du hier?«

»Die Sonne ging unter, da bin ich zurückgekehrt.«

»Nein, so geht das nicht! Ich habe dir gesagt, du musst mähen, solange es hell ist. Die Sonne ging zwar unter, aber schau nur, ihr Bruder, der Mond ist da und macht die Erde nicht weniger hell.«

»Wie ist so etwas möglich?« wundert sich der Knecht.

»Was, du ärgerst dich bereits?« fragt ihn der Herr.

»Nein, ich ärgere mich keineswegs. Nur äußerte ich, dass ich müde bin … ein wenig ruhe ich mich aus …« stotterte der Knecht ängstlich und ging dann wieder mähen.

Er mähte, bis der Mond nicht mehr zu erkennen war. Danach aber ging wieder die Sonne auf. Bewusstlos brach der Knecht zusammen.

»Wehe, deinen Acker soll der Teufel holen, dein Brot und deinen Lohn ebenso«, schimpfte er verzweifelt.

»Was, du ärgerst dich?« Der Herr stand vor ihm. »Falls du dich ärgerst, tritt unsere Vereinbarung in Kraft. Beklage dich nicht, dass ich dir unrecht tue.«

Die Vereinbarung aber zwingt den Knecht, eintausend Dram Strafe zu zahlen oder zehn Jahre unentgeltlich zu dienen. Der Knecht steckte also in einer heiklen Lage. Weder besaß er eintausend Dram, noch würde er es aushalten, solchem Herrn zehn Jahre zu dienen. Er grübelte lange nach und gab schließlich dem Reichen einen Schuldschein über eintausend Dram. Verbittert und mit leeren Taschen kehrte er nach Hause zurück.

»Nun, wie ist es dir ergangen?« fragte ihn der jüngere Bruder. Und der Ältere erzählte ihm sein Abenteuer.

»Keine Bange«, antwortete der Jüngere, »sei unbesorgt, bleib daheim, ich will an deiner statt zu dem Reichen gehen.« Er erhob sich und trat in den Dienst des Reichen. Wiederum setzte der Reiche eine Frist bis zum Kuckucksruf im Frühjahr. Und falls sich der Knecht ärgert, bezahlt er eintausend Dram Strafe oder arbeitet zehn Jahre lang unentgeltlich. Falls aber der Herr sich ärgert, so bezahlt er die Strafe von eintausend Dram und der Knecht ist frei.

»Nein, das reicht mir nicht«, widersetzte sich der Jüngere. »Falls du dich ärgerst, zahlst du mir zweitausend Dram. Ärgere ich mich, zahle ich ebenfalls zweitausend Dram oder werde zwanzig Jahre unentgeltlich für dich arbeiten.«

»Gut«, freute sich der Reiche. So schlossen sie ihre Übereinkunft, und damit trat der jüngere Bruder in den Dienst des Reichen.

Am nächsten Tag stand der Knecht nicht auf, als es hell wurde. Der Herr geht raus und kommt wieder rein, der Knecht aber schläft noch.

»He, junger Mann, steh endlich auf, es ist schon Mittag!«

»Was, ärgerst du dich etwa?« fragte der Knecht, den Kopf im Bett hebend.

»Nein, keineswegs«, antwortete der Herr erschrocken. »Nur möchte ich dich daran erinnern, dass wir ins Feld gehen sollten, um zu mähen.«

»Wenn du nur das willst, ist es in Ordnung. Wir gehen schon, keine Eile!«

Endlich erhob sich der Knecht und begann, sich die Sandalen anzuziehen. Der Herr geht raus und kommt wieder rein, der Knecht beschäftigt sich noch immer mit seinen Sandalen.

»Mensch, beweg dich endlich, zieh dir doch die Sandalen an ...«

»Du ärgerst dich wohl nicht etwa?«

»Nein, wer wird sich denn ärgern? Ich wollte nur kundtun, dass wir uns verspäten ...«

»Nun gut, das ist etwas anderes. Anderenfalls weißt du ja: Vertrag ist Vertrag!«

Bis der Knecht die Sandalen anhat und sie im Feld sind, war es Mittag geworden.

»Nun ist die Mähzeit vorbei«, erklärte der Knecht, »alle sind bereits beim Mittagessen. Nach dem Essen werden wir mähen!«

Sie setzen sich nieder, sie essen. Nach dem Essen erklärt der Knecht:

»Wir sind Schnitter, wir sollten uns ein wenig ausruhen und schlafen.«

Gesagt, getan. Er streckte sich im Gras aus und schlief bis zum Abend.

»Steh doch auf, es ist schon dunkel! Die anderen Felder sind bereits gemäht, nur unseres nicht … möge dem der Hals brechen, der dich zu mir geschickt hat! Was du gegessen hast, soll unbekömmlich sein und was du errichtet hast, möge einstürzen! In welches Feuer bin ich bloß geraten …« begann der verzweifelte Herr loszubrüllen.

»Du ärgerst dich doch nicht etwa?« Der Knecht hob seinen Kopf aus dem Gras.

»Nein, niemand ärgert sich! Ich bemerkte lediglich, dass es bereits dunkel ist und Zeit, nach Hause zu gehen.«

»Na, das ist etwas anderes. Gehen wir, du kennst ja unsere Vereinbarung: Wehe dem, der sich ärgert!«

Sie kamen zuhause an. Gäste waren eingetroffen. Der Knecht wurde losgeschickt, um ein Schaf für die Gäste zu schlachten:

»Welches denn?«

»Welches du gerade triffst.«

Der Knecht entfernt sich. Nach einer Weile überbringt man dem Reichen die Kunde: »Komm schnell her, dein Knecht schlachtet die ganze Herde!«

Der Herr eilt los und erkennt, dass die Wahrheit gesagt

wurde: Von der ganzen Herde ist kein Tier mehr am Leben! Jammernd schrie er:

»Du Gottloser, was hast du angestellt? Möge dein Haus einstürzen, denn mein Haus hast du ruiniert!«

»Du hast selbst gesagt ›welches Schaf du gerade triffst‹. Ich habe sie alle getroffen und alle geschlachtet. Was habe ich da zu viel oder zu wenig getan?« erwiderte gelassen der Knecht. »Doch kommt es mir vor, als ob du dich ärgerst!«

»Nein, nein, ich ärgere mich nicht! Bloß ist es schade, dass ich einen so großen Verlust erleide.«

»Gut, da du dich nicht ärgerst, will ich dir weiterhin dienen!«

Der Reiche dachte nach: Was soll er tun? Und wie sich von diesem Knecht zu befreien? Der Vertrag gilt noch bis zum Frühjahr, wenn der Kuckuck ruft, aber der Winter hat eben erst begonnen. Wo bleiben bloß der Frühling und der Kuckuck? Er grübelte lange nach und fand einen Ausweg. Er nimmt seine Frau mit in den Wald und befiehlt ihr, auf einem Baum sitzend, Kuckuck zu rufen. Allein kehrt er nach Haus zurück und sagt seinem Knecht:

»Wir gehen zur Jagd!«

Als die beiden den Wald betreten, ruft die Frau wie vereinbart vom Baum: »Kuckuck, Kuckuck!«

»Meinen Glückwunsch«, sagt der Herr seinem Knecht, »der Kuckuck ruft, deine Frist ist verstrichen …«

Doch der Knecht durchschaut die List des Herrn.

»Nun«, sagt er, »wer hätte gedacht, dass zu dieser Jahreszeit, mitten im Winter, der Kuckuck rufen würde! Was mag das bloß für ein merkwürdiger Kuckuck sein?«

Sprach's und zielte auf den Baum. Der Herr warf sich schreiend vor ihm nieder:

»Nicht schießen, um Gottes willen! Verflucht sei der Tag, als du bei uns aufgetaucht bist! Was ist das für eine Strafe Gottes!«

»Es stimmt doch, du ärgerst dich, nicht wahr?«

»Ja, es stimmt! Mir reicht's. Gerne zahle ich die Strafe und rette meine Seele! Ich habe die Bedingung gestellt, ich bezahle auch dafür. Nun erst begreife ich die alte Weisheit, die lautet: Alles, was man im Leben tut, tut man sich selbst an!«

So kam der Reiche zur Vernunft, und der jüngere Bruder beglich die Schuld des älteren und kehrte mit weiteren tausend Dram nach Haus zurück.

Der Karneval

Es lebten einst ein Mann und eine Frau. Doch sie lebten nicht in Eintracht und Frieden miteinander, denn der Mann warf der Frau ständig Dummheit vor, und die Frau dem Mann Leichtsinn. So stritten und zankten sie in einem fort.

Eines Tages kaufte der Mann etliche Scheffel Speiseöl und Reis und brachte alles auf dem Rücken eines Lastträgers nach Hause. Die Frau ärgerte sich:

»Siehst du, wenn ich dir sage, dass du selbst dumm bist, so glaubst du mir nicht. Warum bloß hast du so viel Öl und Reis auf einmal gekauft? Gibst du etwa deinem Vater den Leichenschmaus oder feierst du die Hochzeit deines Sohnes?«

»Was faselst du denn da von Leichenschmaus und Hochzeit? Das ist für Karneval bestimmt, bewahre alles gut auf!«

Die Frau beruhigte sich und verwahrte die Einkäufe. Es verstrich eine Weile, die Frau wartete und wartete. Doch der Karneval kam nicht. Eines Tages aber, als sie gerade an der Türschwelle saß und die Straße hinuntersah, erblickte sie einen Mann, der in aller Eile die Straße entlanglief. Da legte sie die Hand an die Stirn und rief den Fremdling an:

»He, Bruder, warte mal!«

Der Mann blieb stehen.

»Bruder, bist du nicht der Karneval?«

Der Fremdling begriff, dass im Gehirn dieser Frau eine Falte fehlte. Bei sich dachte er: Nun gut, ich will einmal sehen, was dabei herausspringt, wenn ich zustimme:

»Ja, liebe Schwester, ich bin der Karneval. Was willst du mir denn sagen?«

»Ich will dir sagen, dass wir nicht deine Diener sind und dein Öl und deinen Reis für dich aufbewahren müssen. Es reicht. Schämst du dich denn nicht? Warum holst du deine Ware nicht endlich ab?«

»Warum ärgerst du dich, liebe Schwester? Ich bin doch eigens deswegen gekommen. Nur habe ich nicht gleich euer Haus gefunden, sondern lange danach gesucht.«

»Nun, dann hol endlich alles ab!«

Der Fremde betritt also das Haus, hebt das Öl und den Reis jener Leute auf seinen Rücken, und dann dreht er seine Ferse und sein Gesicht in Richtung seines Dorfes. Als der Ehemann nach Hause zurückkehrt, sagt ihm seine Frau:

»Nun, der Karneval kam endlich vorbei. Ich habe ordentlich mit ihm geschimpft und ihn geheißen, seine Sachen mitzunehmen.«

»Was für ein Karneval, welche Sachen denn?«

»Nun, das ganze Öl und der Reis … Ich erblickte ihn, wie er die Straße herunterkam, er war auf der Suche nach unserem Haus. Ich rief ihn an und habe ihm so richtig ins Gewissen geredet. Dann half ich ihm, seine Sachen auf den Rücken zu heben und schickte ihn weg.«

»Ach, du hirnlose Frau! Dass dein Haus zusammenstürze … Wenn ich sage, dass du dumm bist, dann bist du das wirklich … Welche Richtung nahm er denn?«

»Da, diese Richtung …«

Der Mann nahm sein Pferd, um den Karneval zu verfolgen. Unterwegs blickte sich der Karneval um und sah, dass sich ein Reiter eilig näherte. Da begriff er, dass es sich um den Ehemann jener Frau handeln müsse.

»Guten Tag, Bruder!«

»Gott zum Gruß!«

»Auf diesem Weg ist doch niemand vorbeigekommen?«

»Doch, einer!«

»Und was trug er auf dem Rücken?«

»Öl und Reis.«

»Ja, den gerade suche ich. Wie lange kann das her sein?«

»Ziemlich lange.«

»Wenn ich galoppiere, werde ich ihn dann einholen?«

»Nie wirst du das schaffen, du zu Pferd und er zu Fuß. Denn dein Pferd muss vier Beine bewegen, … eins, zwei, drei und vier, er aber nur zwei: eins, zwei, eins, zwei. Darum ist er schneller und wird verschwinden.«

»Aber was soll ich denn tun?«

»Du sollst das Gleiche tun wie er: Lass dein Pferd bei mir und lauf ihm zu Fuß nach!«

»Ja, das sagst du ganz richtig!«

Der Mann saß ab, überließ sein Pferd dem Fremden und zog zu Fuß weiter. Sowie der Mann sich entfernt hatte, lud der Karneval Öl und Reis auf das Pferd und trieb es querfeldein heim. Der Mann aber zog zu Fuß weiter und weiter, ohne den Karneval zu finden. Schließlich kehrte er zurück und stellte fest, dass auch sein Pferd abhandengekommen war. Daheim setzte sich der Streit mit der Frau fort: Der Mann warf ihr den Verlust von Öl und Reis vor, sie ihm das Pferd. Der Mann warf der Frau Dummheit vor, und die Frau gab ihm den Vorwurf zurück. Der Karneval aber hörte das alles mit an und lachte sich ins Fäustchen.

Schwester Axt

Ein Mann zog in die Fremde, auf der Suche nach Arbeit. Da gelangte er in ein Dorf, dessen Einwohner sich mühten, Holz mit der Hand zu spalten.

»Brüder«, fragte der Mann, »warum zerkleinert ihr denn das Holz mit der Hand? Habt ihr keine Äxte?«

»Was ist eine Axt?« fragten die Dörfler. Der Mann zog die Axt aus dem Gürtel, hackte, spaltete und stapelte das Holz. Als die Bauern das sahen, liefen sie zum Anger und erzählten schreiend:

»Kommt, seht, was die Schwester Axt vollbracht hat!«

Alle Einwohner sammelten sich nun um den Mann, baten und flehten ihn an, boten ihm auch zahlreiche Güter und nahmen dafür seine Axt, um der Reihe nach ihr Holz zu spalten. Am ersten Tag holte sich der Schulze die Axt. Er hob sie und hackte sich damit ins Bein. Schreiend lief er zum Anger:

»Kommt, kommt, Schwester Axt ist verärgert und hat mich ins Bein gebissen!«

Die Dörfler versammelten sich. Sie ergriffen Stöcke und schlugen auf die Axt ein. Als sie sahen, dass das der Axt nichts ausmachte, stapelten sie Holz auf ihr und zündeten es an. Die Flamme schlug hoch und brannte den Scheiterhaufen aus. Als die Flammen erloschen waren, entdeckten die Dörfler, dass die Axt glühend rot geworden war. Sie schrien:

»Schwester Axt ist außer sich vor Wut! Seht nur, wie sie rot angelaufen ist! Bestimmt wird sie uns schaden. Was sollen wir bloß tun?«

Sie grübelten lange und beschlossen am Ende, die Axt ins Gefängnis zu stecken. Und so warfen die Dörfler die Axt in die Scheune des Schulzen. Die Scheune aber war voller Heu. Von der heißen Axt lohten die Flammen auf bis zum Himmel. Da liefen die Dörfler dem Fremden hinterher: »Um Gottes

Güte, komm zurück und bring die Schwester Axt wieder zur Vernunft!«

Der Dummkopf

Einst lebte ein armer Mann. So viel er auch arbeitete und sich plagte, so blieb er doch arm wie zuvor. Von aller Hoffnung verlassen, erhob er sich eines Tages und sprach: »Ich muss zu Gott, um zu erfahren, wie ich von der Armut freikomme. Ich will von Gott meinen Anteil erbitten.«

Unterwegs begegnete ihm ein Wolf:

»Gute Reise, Bruder Mensch, wohin ziehst du?« fragte der Wolf.

»Ich gehe zu Gott«, antwortete der Arme, »um ihm meine Klage vorzutragen.«

»Wenn du bei Gott bist«, bat der Wolf, »dann richte ihm aus, dass da ein hungriger Wolf ist. Obwohl er Tag und Nacht durch Berg und Tal streift, findet er nichts zum Fressen. Frag ihn, wie lange ich noch hungrig herumlaufen soll: 'Du hast ihn geschaffen, kümmerst du dich da nicht um sein Fressen?'«

»Einverstanden«, sagte der Mann und zog seines Weges. Über kurz oder lang begegnete ihm ein schönes Mädchen.

»Wohin gehst du, Bruder?« fragte das Mädchen.

»Ich gehe zu Gott.«

»Wenn du Gott triffst«, flehte ihn die Schöne an, »dann richte ihm aus, dass da ein Mädchen ist: Jung, gesund und reich. Doch kann sie sich nicht ihres Lebens freuen und glücklich fühlen. Was soll mit ihr werden?«

»Ich werde ihm das ausrichten«, versprach der Reisende und zog weiter. Er stieß auf einen Baum, der zwar am Ufer stand, aber verdorrt war.

»Wohin eilst du, Reisender?« fragte ihn der verdorrte Baum.

»Ich gehe zu Gott«.

»So bleib doch stehen! Denn auch ich habe einiges zu bestellen«, bat der verdorrte Baum. »Du wirst Gott fragen: Was soll das, dass ich hier an diesem klaren Wasser auskeimte, aber Sommer wie Winter verdorre? Wann werde auch ich gedeihen und ergrünen?«

Der Arme vernahm diese Klage und setzte seine Reise fort. Er wanderte so lange, bis er Gott fand: Unter einem hohen Felsen, den Rücken an den Stein gelehnt und das Gesicht wie ein Greis.

»Guten Tag«, sagte der Arme, vor Gott stehend.

»Sei gegrüßt«, antwortete Gott, »was führt dich her?«

»Ich möchte, dass du alle Menschen gleichbehandelst und nicht dem einen viel, dem anderen gar nichts gibst. Ich quälte und plagte mich und kann doch nicht satt werden. Aber viele, die nur halb so viel arbeiten wie ich, sind reich und leben angenehm.«

»Das geht in Ordnung. Du kannst gehen, du wirst reich werden. Ich habe deinen Anteil für dich bereitet. Geh und genieße ihn«, sprach Gott.

»Ich habe noch etwas zu übermitteln, o Herr«, sagte der Arme und berichtete von dem hungrigen Wolf, dem schönen Mädchen und dem verdorrten Baum. Gott nannte die Lösung ihrer Probleme, der Arme dankte und entfernte sich.

Auf dem Rückweg kam er bei dem verdorrten Baum vorbei. Der fragte ihn: »Was hatte Gott zu meinem Fall zu sagen?«

»Er sagte, dass unter dir Gold liegt. Solange es nicht entfernt ist, können deine Wurzeln nicht die Erde erreichen und du nicht ergrünen«, richtete ihm der Mann aus.

»Wenn es sich so verhält, warum hast du es dann so eilig? Nimm das Gold, denn das gereicht sowohl dir wie mir zum Nutzen. Du wirst reich und ich werde gedeihen.«

»Nein, dazu ist keine Zeit«, antwortete der Arme. »Gott hat

mir meinen Anteil versprochen, ich muss mich beeilen, ihn zu erlangen und zu genießen«. Und damit zog er davon. Dann traf er das schöne Mädchen, das sich ihm in den Weg stellte:

»Welche Nachricht bringst du für mich?«

»Gott meint, du musst dir einen Herzensfreund suchen. Dann wirst du nie mehr traurig, sondern froh und glücklich sein.«

»Wenn es sich so verhält, dann werde doch du mein Herzensfreund«, flehte das Mädchen.

»Nein, ich kann nicht bei dir bleiben! Gott hat mir meinen Anteil versprochen und ich muss ihn finden und genießen«, sagte der Arme und zog weiter.

Unterwegs erwartete ihn der hungrige Wolf. Als er den Reisenden erblickte, lief er herbei und stellte sich ihm in den Weg:

»Nun, was antwortete Gott?«

»Bruder, auf dem Weg zu Gott begegnete ich noch einem schönen Mädchen und einem verdorrten Baum. Das Mädchen erzählte mir, dass sie unglücklich sei, und der Baum, dass er im Frühling wie Sommer verdorre. Ich habe das alles Gott erzählt, und er antwortete: Sag dem Mädchen, sie soll sich einen Herzensfreund suchen und glücklich werden. Dem Baum sollte ich ausrichten: Unter dir liegt Gold, das muss gehoben werden, damit deine Wurzeln die Erde erreichen. Beiden erzählte ich Gottes Ratschläge. Da bat mich der Baum: Komm, hol das Gold heraus, und das Mädchen sprach: Ich wähle eben dich zu meinem Herzensfreund. Doch ich schlug es aus: Nein, ich kann nicht, denn Gott hat mir meinen eigenen Anteil gegeben. Darum muss ich mich beeilen, um mein Glück zu finden und zu genießen.«

»Aber was mich betrifft, was hat dir da Gott gesagt?« drang der Wolf in ihn.

»Dir richtet Gott aus: Du wirst solange hungrig umherstreifen, bis du einen hirnlosen Menschen findest. Den wirst du fressen und keinen Hunger mehr verspüren.«

»Wo finde ich wohl einen noch Hirnloseren als dich?« sagte der Wolf und verschlang ihn.

Der König und der Krämer:

Eine Erzählung aus den Tagen der Deportation der Armenier von Dschura[17]

He, Leute,
gute Nadeln, Glasperlen,
Ringe, Korallen,
Armbänder …
Bringt Hennen und Eier zum Tausch,
Kauft, schweigsame, schüchterne
Mädchen und Bräute!
Ich gebe beste und billige Ware …

So zog, als Wanderkrämer getarnt, rufend König Schah-Abbas durch die Straßen, wie eine Drachenschlange:

He, wer braucht Faden und Nadeln?
Kommt heraus zu mir!

»Bruder Krämer, Bruder Krämer, hast du Nadeln, bring sie her«, rief ihn eine zwangsumgesiedelte Armenierin zu sich. Der Krämer näherte sich der Frau.

»Schau, was für Nadeln, dünn wie eine Fischgräte und für nur einen Beutel Korn!«

»Ach, das ist mir viel zu teuer …«

»Nein, Schwester, sprich nicht so, wenn du das Leben des Schahs liebst!«

»Zum Teufel mit dem Schah, Gott bewahre mich vor ihm!

Gesegnet seist du, Bruder Krämer, nur erwähne hier seinen Namen nicht!«

»Kann denn ein Mann so böse sein? Was tat euch der Schah wohl Schlimmes? Befreite er euch nicht vor dem grausamen Türkensäbel? Hat er euch nicht aus der Ödnis von Dschura gerettet und brachte er euch nicht in das reiche, freie Land von Peria? Wacht er nicht immer noch aufmerksam und wohlwollend über euch?«

»Ach, genug, genug, Bruder Krämer! Treib mich nicht dazu, von ihm zu sprechen! Wäre doch sein Bein gebrochen, dann säßen wir noch in unserer Heimat. Er kam wie eine rasende Flut über uns, zerstörte das blühende, üppige Dschura. Weder hatte er Erbarmen, noch kannte er Gottesfurcht. Er riss uns mit der Wurzel aus und trieb uns hierher. Unsere Häuser und Kirchen verließen wir. Wir versenkten die Schlüssel im Fluss Arax. Vom Bergpass blickten wir ein letztes Mal zurück und flehten innig zur Gottesmutter-Kirche: 'Dir überlassen wir unsere liebliche Heimat. Lass uns aus der Gefangenschaft heimkehren! ' Wir baten und flehten, wir beteten und bettelten, wir kamen weit und wanderten, vertrieben, geschlagen mit Feuer und Schwert, wir erreichten die überfluteten Ufer des Arax. Der Fluss war wie ein Meer. Beide Ufer standen unter Wasser.

'Zieht weiter! ' lautet der Befehl, der Befehl kam vom Schah … Hinter uns das Schwert, vor uns das Wasser. Trauer und Wehklagen, Durcheinander, Gejammer von Kindern und Erwachsenen. Uns aneinanderklammernd, Groß und Klein, sinken wir in die Flut. Die dunklen Tage, die wir gesehen, möge nicht einmal der Feind erblicken. Ach, wann werden wir nochmals die Heimat sehen, wann wird der Himmel unsere Bitte erhören!«

Viele heimatlose armenische Gefangene waren währenddessen herbeigekommen und hatten sich um den Krämer versammelt: »Verdammt seien der Schah und sein Thron!« Sie verfluchten ihn bis zum Himmel und gingen dann auseinander, in ihre Häuser. Die Augen des Krämers wurden drohend, seine Hände und Füße zitterten, und ganz enttäuscht rief er ihnen nach: »Vor einem Tag noch habt ihr vor dem Schah einstimmig geschrien, dass ihr im Glück lebt und im Frieden. Und ihr habt sein Leben und seinen Thron gesegnet!«

»Das war doch nicht wahr, Bruder Krämer! Wieso sollen wir es vor dir verheimlichen, der du einer von uns bist? Wie sollen wir aber den Schmerz in unserem Herzen vor diesem Menschenfresser, diesem Untier offenlegen?«

»Solange es Schah und Sultan, Gefangene und Sklaven gibt, wird auf dieser Welt kein aufrichtiges Wort gesprochen, gibt es weder Leben noch Liebe«, brüllte der Krämer, warf seine Verkleidung ab und stand wieder als der schreckliche Schah vor ihnen. Das Henkersbeil blitzte und sein Schlag war mächtig, der greise Gefangene fiel an Ort und Stelle. Er fiel, und solange es auf der Welt Schah und Sultan, Gefangene und Sklaven gibt, gibt es auch kein Leben, keine Liebe und kein einziges aufrichtiges Wort.

Die Weggefährten

Eines Tages schwang sich der Hahn auf das Dach, um die Welt zu betrachten. Er machte seinen Hals lang, streckte den Kopf nach vorn, sah aber trotzdem nichts. Der Berg gegenüber versperrte die Sicht.

»Bruder Bello«, fragte der Hahn den Hofhund, »weißt du etwa, was hinter diesem Berg liegt?«

»Ich weiß es auch nicht«, erwiderte der Hund.

»Wie lange sollen wir noch in Unwissenheit leben? Lass uns aufbrechen, damit wir feststellen, was in der Welt los ist.«

Der Hund stimmte diesem Vorschlag zu, und gemeinsam machten sich die beiden auf den Weg. Sie gingen und gingen und erreichten gegen Abend einen Wald, in dem sie übernachteten. Der Hund schlief unter einem Busch, der Hahn auf dem Ast des Baumes daneben. In der Morgendämmerung schrie der Hahn: Kikeriki!

Ein Fuchs vernahm den Hahnenschrei:

»Donnerwetter, woher kommt denn der? Was für ein Frühstück!« freute sich der Fuchs und kam näher:

»Guten Morgen, Gevatter Hahn! Was machst du in dieser Gegend?«

»Wir sind losgezogen, um die Welt zu sehen«, antwortete der Hahn.

»Oh, das ist eine ausgezeichnete Idee«, sprach der Fuchs. »Ich suche schon eine Weile nach einem Freund. Wie gut, dass wir uns getroffen haben. Komm herunter, damit wir uns nicht verspäten!«

»Ich bin einverstanden«, antwortete der Hahn. »Frag aber erst meinen Freund. Wenn auch er einverstanden ist, fliege ich herunter.«

»Wo steckt denn dein Freund?«

»Unter dem Busch.«

'Wahrscheinlich wird sein Freund ein weiterer Hahn sein und mir als Mittagsmahl dienen', dachte sich der Fuchs und lief zum Busch. Da sprang plötzlich der Hund hervor. Der Fuchs machte sich eilends davon, und wie!

»He, Bruder Fuchs, warum die Eile? Wir wollen auch mitkommen. Benimmt sich etwa so ein Freund?« rief ihm der Hahn vom Baum aus hinterher.

Der tapfere Nasar

Einst lebte ein armseliger Mensch, der hieß Nasar. Dieser Nasar war faul und geradezu ein Trottel. Zu allem Überfluss war er auch noch ängstlich und so furchtsam, dass er von sich aus keinen einzigen Schritt tat, selbst wenn man ihn umgebracht hätte. Den ganzen Tag hing er am Rock seiner Frau. Wenn sie das Haus verließ, ging er mit ihr, und kehrte sie nach Haus zurück, tat er das auch. Dafür bekam er den Spottnamen »Nasar, der Feigling«.

Der feige Nasar folgte eines Nachts seiner Frau zur Türschwelle. Er sah, dass der Vollmond schien und es ganz hell war. Da sprach er zu seiner Frau:

»Weib, das ist eine günstige Nacht, um Karawanen anzugreifen. Mein Herz befiehlt mir: Steh auf, raub die aus Indien heimkehrende Karawane des Schahs aus und füll dir dein Haus mit Kostbarkeiten!«

Seine Frau erwiderte unwirsch:

»Du bist mir ein rechter Karawanenräuber! Halt lieber das Maul und bleib ruhig sitzen!«

»Freches Weib, warum lässt du mich nicht Karawanen ausrauben und das Haus mit schönen Dingen füllen? Trag ich denn nicht den Hut eines Mannes, dass du es wagst, mir Widerrede zu bieten?«

Doch als er weiter so schwatzt, geht seine Frau einfach ins Haus, verriegelt die Tür von innen und spricht: »Ins Grab mit deinem feigen Kopf! Nun zieh schon los und raub Karawanen aus!«

Nasar blieb allein vor der Tür, die Galle platzte ihm schier vor Angst. Da bat und flehte er seine Frau an, ihn hereinzulassen, aber sie gab nicht nach. Ohne Hoffnung duckte er sich unter die Mauer und verbrachte so zitternd die Nacht, bis es tagte. Verärgert wartete er auf der Sonnenseite der Mauer auf seine

Frau und dachte nach. Es war ein heißer Sommertag und voll von aufdringlichen Fliegen. Da Nasar zu faul war, um seine eigene Nase putzen, ließen sich die Fliegen auf seiner Nase und seinen Lippen nieder. Als ihre Zahl und der Ärger zunahmen, schlug er sich mit der Hand ins Gesicht, worauf einige Fliegen tot zu Boden fielen.

»Ach, was war denn das?« verwunderte sich Nasar. Er versuchte, die Getöteten zu zählen, schaffte es aber nicht. So schätzte er, dass es bestimmt nicht weniger als tausend gewesen sein mussten.

»Donnerwetter«, sprach er zu sich, »sollte ich ein solcher Mann gewesen sein und bis heute nichts davon gemerkt haben? Ich, der in der Lage ist, mit einem Schlag tausend Lebewesen zu vernichten? Was habe ich neben einem solchen Nichtsnutz, der mein Weib sein soll, zu suchen?«

Hiermit erhob er sich und ging geradewegs zum Dorfpriester:
»Herr Pfarrer, Gott zum Gruß!«

»Möge Gott dich segnen, mein Sohn!«

»Herr Pfarrer, das ist nämlich so und so …« Und Nasar berichtete von seiner Heldentat und auch, dass er sein Weib verlassen wolle. Nur bittet er den Priester, alles genau aufzuschreiben, damit nichts von dem verloren gehe, was alle lesen und wissen sollen. Aus Spaß schreibt der Priester auf einen Stofffetzen: »Der tapfere Held, der unbesiegbare Nasar aus Warag, tötete den Feind zu Tausenden mit nur einem Schlag!«

Diesen Lappen gab er Nasar, und der befestigte ihn an der Spitze einer Stange, gürtete sich mit dem Rest eines verrosteten Schwertes, bestieg den Esel des Nachbarn und zog los. Er verlässt das Dorf und folgt dem Weg, ohne zu ahnen, wohin er führt. Als er sich nach einer Weile umblickt und feststellt, dass er sich bereits sehr weit entfernt hat, bekommt er es mit der Angst. Um sich Mut zu machen, fängt er an zu brummen, zu singen, mit sich selbst zu reden und sich über den Esel zu ärgern. Und je mehr er sich vom Dorf entfernt, umso größer wird seine Angst. Und je mehr seine Angst wächst, umso lauter wird seine Stimme. Bald fängt er an zu schreien und zu brüllen, und in sein Gebrüll stimmt der Esel ein.

Vor diesem Lärm und Geschrei flüchten alle Vögel von den nächstgelegenen Bäumen, die Hasen springen aus dem Gebüsch und die Frösche von der Wiese ins Wasser. Nasar wird lauter und lauter, denn als er in den Wald einzieht, kommt es ihm vor, als lauere hinter jedem Baum, Busch oder Felsen ein Raubtier oder gar Räuber, um sich auf ihn zu stürzen. Erschrocken brüllt er weiter, und zwar derartig, dass dein Ohr von so etwas verschont bleiben möge. Gerade um diese Zeit kommt ihm ein Bauer ahnungslos entgegen, das Pferd hinter sich herziehend. Als er den entsetzlichen Krach vernimmt, bleibt er stehen.

»Großer Gott«, klagt er, »mein Schicksal trifft mich an dieser Stelle. Das müssen Buschräuber sein, die …«

Er lässt sein Pferd stehen, verlässt den Weg und flieht erschrocken mitten durch das Unterholz. Glück muss man haben! Brüllend kommt Nasar daher, und was sieht er? Ein gesatteltes Pferd steht bereit und wartet mitten auf dem Weg auf ihn! So steigt er vom Esel und setzt sich auf das Pferd, und weiter geht die Reise.

Ob er sehr weit gereist ist oder nicht, dass weiß nur er allein. Doch schließlich gelangt er in ein Dorf. Er kennt dieses Dorf nicht, und die Dörfler kennen ihn ebenso wenig. Aus einem Haus dringt laute Musik, die Surna[18] erklingt. Er reitet ihrem Klang entgegen und gerät in eine Hochzeitsfeier:

»Guten Tag, liebe Leute!«

»Die Güte des Herrn sei mit dir! Tausendfach willkommen!«

Er wird eingeladen, denn ein Gast ist ja ein Bote Gottes. Nasar und sein Feldbanner erhalten den Ehrenplatz am Tisch. Mögen eure Augen im Leben nur das Schöne erblicken! Was legte man da nicht alles dem Nasar zum Essen und Trinken vor? Die Gäste wollten nun erfahren, wer der seltsame Fremdling sei, der mit ihnen zu Tisch saß. Einer, der am unteren Ende des Tisches saß, stieß den neben ihn Sitzenden an und stellte die Frage, und dieser stieß seinen Nachbarn an, und so gelangte die Frage schließlich zu dem Priester, der auf dem Ehrenplatz neben Nasar saß. Dem Priester gelang es irgendwie, auf der Flagge des Gastes zu entziffern:

»Der tapfere Held, der unbesiegbare Nasar aus Warag, tötet den Feind zu Tausenden mit nur einem Schlag!«

Er las das und erzählte es erschrocken dem neben ihm sitzenden Nachbarn, dieser wiederum dem Mann neben ihn und so drang die Kunde schließlich bis zur Türschwelle. Bald verbreitete sich im ganzen Festsaal die Nachricht, dass es sich bei dem eben eingetroffenen Gast um den tapferen Nasar in eigener Person handele.

»Der tapfere Held, der unbesiegbare Nasar aus Warag, tötet den Feind zu Tausenden mit nur einem Schlag!«

»Seht nur, er ist es in eigener Person, Nasar, der Tapfere!« rief ein Angeber. »Er hat sich aber so stark verändert, dass ich ihn auf den ersten Blick nicht erkennen konnte!«

Es fanden sich Menschen, die von Nasars Heldentaten zu erzählen wussten, über ihre lang zurückreichende Bekanntschaft mit ihm und über die gemeinsam verbrachte Zeit.

»Aber wie kann es vorkommen, dass ein solcher Mann ohne einen einzigen Diener unterwegs ist?« verwunderten sich diejenigen, die Nasar nicht kannten.

»Das ist nun einmal seine Gewohnheit. Er läuft nicht gern mit Dienern herum. Einmal habe ich ihn danach gefragt, und er antwortete mir: Was soll ich denn mit Dienern? Die ganze Welt ist ja mein Diener!«

»Wie aber ist es möglich, dass er kein anständiges Schwert besitzt, sondern ein verrostetes Eisenstück an seinen Gurt gebunden hat?«

»Darin eben besteht die Kunst, dass er mit diesem verrosteten Eisenstück Tausende auf einen Schlag niederstreckt. Mit einem guten Schwert ist das ja auch für gewöhnliche Helden nicht allzu schwer.«

Und das verdutzte Volk erhob sich und trank auf das Wohl des Nasar. Der Gescheiteste unter ihnen trat hervor und hielt eine Ansprache:

»Wir haben seit langem von Eurem Ruhm vernommen und voller Sehnsucht darauf gewartet, um Euch kennenzulernen. Heute fühlen wir uns sehr geehrt, Euch unter uns zu sehen.«

Nasar seufzte und schüttelte dem Redner die Hand. Die Anwesenden blickten sich an und wunderten sich, was all das geheimnisvolle Seufzen und Händeschütteln wohl bedeuten möge. Daraufhin verfasste der auf dem Fest anwesende Barde aus dem Steigreif ein Lied und stimmte es an:

Sei willkommen, tausendfach,
mächtiger Adler unserer Berge,
Du, die Krone, der Stolz des Landes,
unbesiegbarer Held, tapferer Nasar aus Warag,
der Tausende tötet mit nur einem Schlag.
Dem Armen, Schwachen bist du Stütze,
befreiest ihn von allem Schmerz,
Du befreist uns von den Gesetzlosen,
unbesiegbarer Held, tapferer Nasar aus Warag,
der Tausende tötet mit nur einem Schlag.
Tausendfaches Lob deinem stolzen Banner,
tausendfaches Lob dem Schwert aus Stahl,
gepriesen dein Ross, das aufragt wie ein Turm,
unbesiegbarer Held, tapferer Nasar aus Warag,
der Tausende tötet mit nur einem Schlag.

Als nach dem Fest die bezechten Gäste auseinandergingen, verbreiteten sie überall die Kunde: »Kommt und seht, der unbesiegbare Held, der tapfere Nasar aus Warag ist unterwegs, der Tausende tötet mit nur einem Schlag!«

So wird überall von seiner erstaunlichen Tapferkeit erzählt, überall wird seine furchterregende Gestalt geschildert und überall erhalten Neugeborene seinen Namen.

Nasar aber verließ ebenfalls die Hochzeitsfeier und zog weiter. Schließlich gelangte er in ein grünes Feld. Hier ließ er sein Pferd grasen und legte sich im Schatten seines Feldbanners schlafen. Die Gegend aber gehörte sieben Brüdern, die waren dämonische Riesen mit mehreren Köpfen und zugleich Räuberhäuptlinge, und ihre Burg saß auf dem nahegelegenen Berg. Von dort beobachteten die Riesen, wie ein Mann auf ihr Feld kam, sich hinlegte und einschlief. Da wunderten sich die Brüder, was für ein Herz dieser Mensch haben musste und wie viele Köpfe, dass er es sich ohne zu zögern auf ihrem Feld bequem gemacht hatte und auch noch sein Pferd dort grasen ließ. Jeder der Brüder besaß eine vierzig Kilo schwere Keule, und diese Keulen nahmen sie nun mit sich und begaben sich zu Nasar. Als sie näherkamen, entdeckten sie, dass der Fremde unter einem Banner schlief, auf dem stand: »Der tapfere Held, der unbesiegbare Nasar aus Warag, tötete den Feind zu Tausenden mit nur einem Schlag!«

»Oh weh, das ist ja der tapfere Nasar!« Die Riesen bissen sich erschrocken auf die Finger und blieben wie versteinert stehen. Denn die von den betrunkenen Hochzeitern verbreitete Kunde hatte inzwischen selbst sie erreicht. Darum warteten sie mit trockenen Hälsen, bis Nasar ausgeschlafen hatte und zu sich gekommen war. Als er die Augen aufschlug und entdeckte, dass ihn sieben Riesen mit vierzig Kilogramm schweren Keulen umstanden, sank ihm das Herz vor lauter Angst. Er schlich hinter sein Banner und begann wie ein Herbstblatt zu zittern.

Als aber die Riesen-Brüder sahen, wie Nasar blass wurde und zitterte, bekamen sie es ihrerseits mit der Angst zu tun, denn sie glaubten, Nasar sei erzürnt und werde gleich mit einem Schlag alle sieben Riesen töten. Darum warfen sie sich vor ihm auf den Boden und baten um Gnade. Sie sprachen:

»Wir haben deinen furchteinflößenden Namen bereits vernommen. Sehnsüchtig warteten wir darauf, dich kennenzulernen. Nun sind wir überglücklich, dass du eigens unser Land besuchst. Wir sind deine demütigen Diener. Wir sind sieben Brüder, unsere Burg steht dort auf dem Berg. Dort lebt auch unsere schöne Schwester. Wir flehen dich an, du unbesiegbarer, tapferer Nasar aus Warag, der du Tausende mit einem Schlag tötest, uns die Ehre zu geben und das Brot mit uns zu teilen!«

Hier begann Nasar wieder zu atmen, bestieg sein Pferd, und die sieben Brüder erhoben sein Banner und geleiteten ihn feierlich zu ihrer Burg. Dort wurde er wie ein König geehrt, und es wurde so oft seine Tapferkeit gerühmt und so oft wurde er gepriesen, dass sich die schöne Schwester der Riesen in Nasar verliebte, wodurch sich das Ansehen und der Ruhm des Nasar noch mehrten.

Gerade um diese Zeit fiel ein menschenfressender Tiger in jene Gegend ein. Wer wird nun die Menschen retten, wer kann den Tiger töten? Natürlich Nasar, denn wer außer ihm besitzt das Herz, dem Tiger entgegenzutreten? Alle schauen Nasar erwartungsvoll an.

Als Nasar das Wort Tiger hört, rennt er vor lauter Schreck ins Freie und will in sein Heimatdorf flüchten. Doch die Anwesenden vermeinen, er stürze davon, um den Tiger so schnell wie möglich zu töten. Seine Verlobte aber hält ihn fest: »Warum beeilst du dich denn so, ganz ohne Waffen?« Sie reicht ihm Waffen, auf dass Nasar mit der Tötung des Tigers seinen Ruhm um eine weitere Heldentat vermehre. Nasar nimmt die Waffen an und verlässt die Burg. Er geht in den Wald, wählt sich einen hohen Baum, klettert hinauf und streckt sich auf einem Ast aus, in der Hoffnung, dass weder er den Tiger sieht, noch der Tiger ihn.

Zu seinem Pech aber kommt der verfluchte Tiger müde des Weges und legt sich just unter den Baum, auf dem Nasar sich zum Schlafen ausgestreckt hat. Nasar wurde vor Schreck die Galle wässrig, ihm wurde schwarz vor Augen, seine Hände und Füße ermatten, und so fällt er kraftlos vom Baum, genau auf die Raubkatze. Der Tiger springt erschrocken auf, und Nasar packt vor Angst dessen Rücken. In Panik flieht der Tiger mit Nasar auf dem Rücken durch Täler und über Berge und Felsen. Die Leute bleiben verdutzt stehen: Der tapfere Nasar sitzt auf dem Tiger und reitet ihn:

»Kommt, ihr Leute, seht und staunt: Der tapfere Nasar machte sich den Tiger zum Pferd und reitet ihn ... Schlagt zu!«

Gegenseitig machen sich die Leute Mut und greifen von allen Seiten mit Gebrüll und Geschrei, mit Dolch und Säbel, mit Flinte, Stock und Steinen den Menschenfresser an und töten ihn. Nasar kommt zu sich, nun kann er sprechen:

»Schade, dass ihr ihn getötet habt, gerade jetzt, wo ich ihn mir gut zugeritten hatte ...«

Die Kunde erreicht die Burg, Mann und Weib, Greis und Kind ... Das Volk zieht hinaus, dem Nasar entgegen. Sie dichten ihm Loblieder und singen:

Unter allen Menschen
dieser Welt
wer kommt dir gleich,
Nasar, du Tapferer?
Wie ein Milan,
wie Donner und Feuer
von der hohen Burg
folgtest du im Nu

dem schrecklichen Untier.
Du, tapferer Nasar,
machtest es zum Reitpferd,
du rittest ihn über Weg und Pfad.
Unser Retter und Befreier,
Ruhm und Ehre
sind dir sicher
für Jahrhunderte,
Nasar, du Tapferer!

Danach vermählten sie ihn mit der schönen Schwester der Riesen und feierten sieben Tage und Nächte lang. Mit Gesängen priesen sie das Herrscherpaar:
Der Vollmond ging auf.
Wem war er ähnlich?
Bei Vollmond erstieg ein Tapferer den Berg.
Dies war Nasar, der Tapfere.
Die Sonne ging auf.
Wem war sie ähnlich?
Die goldene Sonne
gleicht der Königin.
Unser König war purpurgold.
Sein Leben war purpurgold.
Seine Krone ist purpurgold.
Sein Gürtel ist purpurgold.
Seine Schuhe sind purpurgold.
Die Königin ist purpurgold.
Viel Glück dem König aus Purpurgold,
viel Glück der Königin aus Purpurgold.
Glückwunsch dem tapferen Nasar,
Glückwunsch der schönen Königin,
Glückwunsch der ganzen Welt.

Die schöne Königin aber wurde vom Herrscher des Nachbarlandes begehrt. Als er vernahm, dass sein Antrag abgelehnt wurde und sie einen anderen geheiratet hatte, rüstete er sein Heer und zog gegen die sieben Brüder in den Krieg. Die sieben Riesen brachten die Nachricht zu Nasar, verbeugten sich vor ihm und warteten auf seinen Befehl.

Als Nasar von dem drohenden Krieg vernahm, erschrak er, versuchte aus der Burg zu flüchten und in sein Dorf zurückzukehren.

Aber die Leute glaubten, er wolle sofort den Feind angreifen und flehten ihn an, nicht ohne Waffen und unbegleitet ins Feld zu ziehen. Sie gaben ihm eine Rüstung und Waffen, und seine Frau bat ihre Brüder, Nasar nicht im Stich zu lassen, damit dieser nicht, hingerissen von seinem Mut, allein der feindlichen Streitmacht gegenübertrete.

Im Volk verbreitete sich die Kunde, dass Nasar allein losschlagen wolle, und die Kundschafter des Gegners brachten die Nachricht, Nasar sei allein und waffenlos zum Schlachtfeld geeilt. Man habe ihn nur mit Mühe zurückhalten können, und nun rücke er vor, umgeben mit Häuptlingen seiner Streitmacht.

Auf dem Schlachtfeld gibt man dem Nasar ein unbändiges, furchterregendes Schlachtross. Als sie Nasar darauf hoben, merkt das Ross sofort, was für ein Taugenichts auf seinem Rücken sitzt. Es bäumt sich auf und keilt unbändig aus. Das Heer gerät in Begeisterung und lässt Nasar, den Tapferen, mit lautem Geschrei hochleben: »Es lebe Nasar der Tapfere … Tod dem Feind …«

So folgen sie ihm und schlagen mit allen Kräften zu. Nasar tut alles, um nicht vom Pferd zu fallen. Er will sich an den Bäumen, an denen er vorbeireitet, festklammern. Doch der Baum, den er packt, ist morsch. Ein Ast, so groß wie ein Balken, bleibt abgetrennt vom Stamm in Nasars Hand. Als die gegnerischen Soldaten, die bereits vom Ruhm des Nasar gehört haben und verängstigt sind, dies mit eigenen Augen sehen, erschrecken sie zutiefst und kehren dem Feind den Rücken zu: »Rette sich, wer kann! Hier naht Nasar, der Tapfere, der Bäume mitsamt ihren Wurzeln ausreißt!«

Wer von den gegnerischen Soldaten an jenem Tag fällt, fällt. Die übrigen legen ihre Schwerter Nasar zu Füßen und schwören ihm Gehorsam und Unterwerfung. Vom fürchterlichen Schlachtfeld kehrt Nasar zur Burg zurück. Das Volk errichtet ihm unter unbeschreiblichem Jubel Triumphbögen. Mit Gesang und Musik, mit Mädchen und Blumen, mit Gesandten und Rednern empfängt man Nasar. Der Ruhm und die Ehre haben ein solches Ausmaß erreicht, dass selbst Nasar erstaunt und verdutzt ist. Nicht minder glanzvoll empfängt man ihn in der Burg, wo er zum König ausgerufen und auf den Thron gesetzt wird. Und so wurde der tapfere Nasar König, und ein jeder der sieben Riesen erhält von ihm ein Amt in der Regierung.

Jetzt ist Nasar der Herrscher der Welt. Es heißt, dass er noch immer lebt und herrscht. Und wenn von seiner Tapferkeit, seinem Verstand, seiner Begabung und dergleichen die Rede ist, lächelt er bloß und spricht:

»Welche Tapferkeit denn, welcher Verstand, welche Begabung? Das sind bloß leere Worte. Man muss Glück haben. Hast du Glück, kannst du das Leben meistern …«

Wie es heißt, freut er sich bis heute des Lebens und spottet der Welt.

Der schwanzlose Fuchs

Einst lebte eine alte Frau. Die molk ihre Ziege, ließ die Milch stehen und ging Reisig sammeln, um dann die Milch zu kochen. Da kam ein Fuchs des Wegs, steckte seinen Kopf in den Eimer und trank. Die Alte erwischte ihn dabei, ergriff die Sense, schlug zu und trennte dem Fuchs den Schwanz ab. Der schwanzlose Fuchs flüchtete sich auf eine Anhöhe, von wo aus er die Alte anflehte:

»Großmutter, gib mir meinen Schwanz zurück, damit ich ihn an seinen gemäßen Ort annähe und zu meinen Freunden gehen kann, ohne dass sie mir vorhalten, dass ich ein abgeschnittener Fuchs sei.«

Die Alte erwiderte: »Nur unter der Bedingung, dass du mir meine Milch zurückgibst.«

Da ging der Fuchs zur Kuh:

»Schwester Kuh, gib mir Milch, damit ich sie der Alten geben kann, und sie lässt mir dafür meinen Schwanz. Ich will ihn an der richtigen Stelle annähen und meine Freunde besuchen, damit sie mir nicht vorhalten, dass ich ein abgeschnittener Fuchs sei!«

»Dann bring mir Gras!«

Der Fuchs ging zur Wiese:

»Liebe Wiese, gib mir Gras! Das Gras gebe ich dann der Kuh, die Kuh gibt mir Milch, die Milch gebe ich der alten Frau und sie gibt mir meinen Schwanz zurück. Den nähe ich mir wieder an und besuche meine Freunde. Denn sonst werden sie mich einen abgeschnittenen Fuchs schimpfen!«

»Einverstanden«, erwiderte die Wiese, »aber hol mir erst Wasser.«

Da ging der Fuchs zur Quelle:

»Quelle, gib mir Wasser, damit ich es der Wiese bringe. Die Wiese gibt mir Gras, das Gras bringe ich der Kuh, und die Milch der Kuh bringe ich zur alten Frau. Sie gibt mir meinen Schwanz zurück. Anderenfalls machen sich meine Freunde über mich lustig und werden mich einen abgeschnittenen Fuchs nennen!«

»Bring mir einen Wasserkrug«, antwortete die Quelle.

Der Fuchs traf ein Mädchen, das gerade mit dem Krug zur Quelle ging:

»Du schönes Mädchen, gib deinen Krug mir. Ich gebe ihn der Quelle, die gibt mir Wasser, das Wasser trage ich zur Wiese, die mir dafür Gras gibt. Das Gras gebe ich der Kuh, sie gibt mir Milch, die Milch gebe ich der alten Frau, sie gibt mir meinen Schwanz zurück. Wo nicht, werden mich meine Freunde als abgeschnittenen Fuchs belächeln.«

Das Mädchen aber verlangte für seinen Wasserkrug eine Glasperlenkette. Da ging der Fuchs zum Händler:

»Verehrter Händler, gib mir eine Glasperlenkette, damit ich sie gegen einen Wasserkrug eintauschen kann. Den Krug gebe ich der Quelle, die Quelle gibt mir Wasser, das Wasser bringe ich der Wiese. Die Wiese gibt mir Gras, das Gras bringe ich der Kuh. Die Kuh gibt mir Milch, die Milch gebe ich der alten Frau und bekomme meinen Schwanz zurück. Den nähe ich mir an, denn sonst machen sich meine Freunde über mich lustig.«

Der Händler aber verlangte Eier für die Glasperlenkette. Da lief der Fuchs zur Henne:

»Tante Henne, gib mir Eier, damit ich sie dem Händler gebe. Der Händler lässt mir dafür die Glasperlenkette, die bringe ich dem Mädchen, das Mädchen gibt mir seinen Krug, den bringe ich der Quelle und erhalte dafür das Wasser. Das Wasser trage ich zur Wiese, die Wiese lässt mir Gras, das Gras bringe ich zur Kuh, die gibt mir Milch. Und für die Milch gibt mir die alte Frau meinen Schwanz zurück. Den will ich mir annähen, damit mich meine Freunde nicht verspotten.«

Die Henne aber verlangte Körner für ihre Eier. Da lief der Fuchs zum Tennenarbeiter und bat um Korn. Als er von seinem Abenteuer berichtete, ergriff den Drescher Mitleid und er überließ dem Fuchs reichlich Getreidekörner. Die brachte er der Henne, die Henne gab ihm Eier, die er dem Händler brachte. Und der Händler ließ ihm die Glasperlenkette, die das Mädchen erhielt, das ihm dafür den Wasserkrug gab. Den Krug bekam die Quelle, die dafür Wasser gab. Das Wasser brachte der Fuchs der Wiese, die ihm Gras gab. Und als die Kuh das Gras gefressen hatte, gab sie dem Fuchs Milch für die Alte. Und diese gab dem Fuchs seinen Schwanz zurück. Der Fuchs nähte ihn an Ort und Stelle, lief freudig los und erreichte seine Freunde.

Hund und Kater

Damals lebten in Armenien ein Kürschnerkater und ein Hund, der keine Mütze auf dem blanken Schädel trug. Ich weiß nicht, wie und warum ihm eines Tages ein Lammfell in die Pfoten geriet. Eines Tages zu Wintersanfang trug er das Fell zu Meister Schnurr, dem Kürschner:

>»Sei gegrüßt, Meister Schnurr!
>Mich friert am Kopf. Näh einen Hut!
>Den Lohn, den findest du sicher gut.
>Nur dass es nicht zu lange dauert!«

»Dir stets zu Diensten, Onkel Bello!« erwiderte der Kürschner Schnurr.

>Hier geht's ja bloß um einen Hut,
>um keinen Mantel oder Gurt.
>Weil du es bist, hol' s schon am Freitag.
>Von Geld zu reden, ist überflüssig,
>des Feilschens sind wir überdrüssig.
>Das ist doch keine teure Sache,
>ein Hut ist's nur, den ich dir mache.«

Des Freitags Früh stand Onkel Bello noch eher als Schnurr auf der Schwelle, ganz frohgemut und feierlich:

>>Wo steckt nur Schnurr?
Wo bleibt die Mütze?<<
>>Wart noch ein Weilchen,
er kommt sogleich …<<

Meister Schnurr, im Pelzumhang, kam herbei und schaute den Hund scheel und schiefäugig an. Laut fauchte er und fuhr auf ihn los:

>>Es ist verdammt kalt, du Hundesohn!
Warum weißt du alles besser?
Leicht ist das nicht, was du verlangst.
Gerad' erst hab' ich das Fell gewässert …<<

>>Gesegnet sei dein Vater! Reg dich ab!
Sonst ist dein Ärger fehl am Platz.
Bezahlt hab' ich 'nen halben Schatz.
Sei höflich und prompt, ich komme morgen.
Du redest viel und tust doch nichts,
bereitest mir nur ständig Sorgen!
Wau, wau, wau, wau!
Wie oft soll ich noch zu dir kommen?<<

So sprach Onkel Bello voller Ärger und kehrte barhäuptig heim. Er kam noch einmal zu Schnurrs Haus. Der Kürschner war nicht da. Jetzt ging der Kampf erst richtig los: Unflätige Schimpfworte, neue und alte Beleidigungen, selbst an die Adresse von Vater und Mutter: »Diebischer Kater« – »kahlköpfiger Hund!« So kam die Sache vor Gericht. Bis der Hund endlich Ruhe gab, nach vielem Hin- und Herlaufen, ging Meister Schnurr pleite und raffte aus seinem Laden, was er konnte. Eines Nachts floh er, so weit wie möglich.

Und von jenem Tag an, bis zum heutigen Tage hat der Hund die ihm angetane Schmach nicht verziehen, und einerlei, wo es sich gerade trifft, spring er hoch und greift an, denn er will sein Fell zurück. Doch der Kater, arg verschämt, faucht verärgert und behauptet stets: »Gerade erst habe ich das Fell gewässert, um es zu nähen!«

Das Mädchen ohne Hände

Einst lebten eine Schwester und ihr Bruder. Das Mädchen war über alle Maßen schön, so schön wie der volle Mond. Und entsprechend hieß sie Lussik, der kleine Mond. Ihr Bruder heiratete und brachte seine Braut ins Haus. Als die Braut merkte, wie sehr alle Leute Lussik liebhatten, nistete sich, einer Schlange gleich, der Neid in ihrem Herzen ein, und sie begann, Lussik bei jeder Gelegenheit zu tadeln und brachte sie oft zum Weinen. Ihr Bruder gab sich alle Mühe, Lussik aufzuheitern. Den einen Tag brachte er ihr Blumen, den anderen Tag Obst, ein anderes Mal neue Kleider. Lussik blieb stets freundlich, liebreizend, hübsch und wurde von allen geliebt.

Da erblasste ihre Schwägerin vor Neid. Sie sann, was sie denn tun solle, um Lussik verschwinden zu lassen. So grübelte und grübelte sie, und eines Tages, als ihr Mann außer Haus war, schlug sie die Möbel und das Geschirr kurz und klein, dann wartete sie an der Tür auf die Heimkehr ihres Mannes. Als sie ihren Mann erblickt, beginnt sie zu weinen.

»Siehst du«, klagt sie, »das ist das Werk deiner geliebten Schwester. Alles, was wir daheim besaßen, hat sie zertrümmert!«

»Das ist doch kein Grund zum Weinen! Alles lässt sich ersetzen, und wenn Geschirr zerschlagen wird, kaufen wir eben neues. Nur wenn Lussiks Herz gebrochen wird, was tun wir dann?«

Die Braut erkannte, dass ihre List nicht aufgegangen war. Als ihr Mann wieder einmal außer Hauses ist, reitet sie mit seinem besten Pferd davon und lässt es unterwegs verloren gehen. Dann kehrt sie nach Hause zurück und wartet auf ihren Mann.

»Schau, das hast du nun von deiner geliebten Schwester! Sie hat dein bestes Pferd aus dem Stall getrieben, und es ist verloren gegangen. Mit solchen Taten wird sie uns bald an den Bettelstab bringen!«

»Das macht doch nichts! Ich versuche eben, ein neues Pferd zu kaufen. Eine neue Schwester kann ich mir nicht kaufen!«

Die böse Frau erkennt, dass auch diesmal ihr Plan fehlschlug. Vor lauter Wut beißt sie sich selbst. Schließlich tötet sie eines Nachts ihr eigenes Kind in der Wiege. Das blutige Messer aber steckt sie heimlich in Lussiks Tasche. Nach einer weiteren Weile beginnt sie zu schreien und jammern und rauft sich weinend die Haare:

»Weh mir, mein Kind, mein Kind!«

Die Hausbewohner erheben sich, sehen das Kind tot in seiner Wiege. Erschrocken und erschüttert halten sie inne: Wer kann das gewesen sein?

Die Braut aber spricht: »Niemand außer uns kam in dieses Haus. In wessen Tasche wir das blutige Messer finden, der muss der Mörder sein!«

Sie suchen und finden das blutige Messer in Lussiks Tasche. Alle erstarren vor Schreck.

»Ja, was denn noch? Deine geliebte Schwester …«, und dabei jammert und schreit die böse Frau in einem fort: »Mein Kind, mein geliebtes Kind!«

Mit dem Sonnenschein am kommenden Morgen verbreitete sich die Nachricht. Die Leute gerieten in Zorn und forderten eine gerechte Strafe, und auch die Braut verlangte nach Strafe. So schleppten sie die schöne Lussik zum Gericht. Sie wurde dazu verurteilt, dass man ihre beiden Hände abhackte. Dann wurde sie aus der Gemeinschaft der Menschen verstoßen.

Weinend, allein, mit abgehackten Händen irrte Lussik durch die Wälder. Büsche und Dornen zerrissen ihr Kleid, sie wurde nackt. Mücken und Stechfliegen setzen ihr zu, da sie ja keine Hände mehr besitzt, um sie zu vertreiben. Schließlich versteckt sie sich in einem hohlen Baumstamm.

Eines Tages geht der Königssohn in dieser Gegend auf Jagd. Seine Hunde schnüffeln hier, schnüffeln dort, dann umkreisen sie den Baum und schlagen an. Der Kronprinz und seine Männer meinen, die Hunde seien auf der Fährte eines Raubtieres oder hätten eine Höhle gefunden, und sie treiben die Hunde an.

»Hetz die Hunde nicht auf mich, Königssohn«, ruft das Mädchen aus dem Baumstamm, »ich bin ein Mensch und kein wildes Tier!«

»Wenn du ein Mensch bist, dann zeig dich!«

»Ich kann nicht, ich schäme mich, weil ich nackt bin!«

Der Königssohn saß vom Pferd ab und gab seinem Begleiter den Mantel, damit er das Mädchen damit bedecke. Aus dem Baumstamm trat ein unvergleichbar schönes Mädchen hervor, bei dessen Anblick man Speise und Trank vergisst. Der Königssohn kam nicht aus dem Staunen heraus.

»Wer bist du, schönes Mädchen, und was tust du in diesem Wald? Warum lebst du in einem Baumstamm?«

»Ich bin auf der Welt ganz verlassen. Selbst mein einziger Bruder ließ mich in Stich, so wie die übrige Welt …«

»Dein Bruder hat dich verlassen, die Welt auch? Aber ich lasse dich nicht allein!« Und er nahm Lussik mit sich auf sein Schloss. Im Schloss gibt er seinen Eltern bekannt, dass er heiraten möchte. Die Eltern antworten:

»Die Mädchen dieser Welt sind doch nicht ausgestorben! Es gibt Königstöchter, Fürstentöchter, reiche und schöne. Wer ist schon dieses nackte Mädchen mit abgehackten Händen, das du heiraten möchtest?«

»Nein und nein!«

So rufen die Eltern notgedrungen die Weisen des Landes zusammen, um sie um Rat zu fragen: »Was sollen wir bloß machen? Die Hochzeit zulassen oder nicht?«

Die Weisen antworten: »Das Glück eines jeden Menschen kommt aus seinem Herzen. Dies ist das Schicksal eures Sohnes, denn sonst wäre er nicht so verliebt. Gott hat es für diese beiden richtig gefunden!«

Nach dieser Antwort stimmen die Eltern zu. Sieben Tage und sieben Nächte dauert die Hochzeit, und der Königssohn heiratet die schöne Lussik. Nach einiger Zeit zog er in ein fremdes Land. Zuvor aber bat er, dass man ihn benachrichtige, falls seine Frau ein Kind gebiert. Einige Monate nach seiner Abreise bringt Lussik ein schönes, goldhaariges Kind auf die Welt, einen Sohn. Der König und die Königin freuten sich sehr. Sie schreiben die gute Nachricht nieder und vertrauen sie einem Boten an.

Dieser Bote übernachtet unterwegs zufällig bei Lussiks Bruder. Beim Abendessen berichtet er seinem Gastgeber, weshalb er unterwegs ist: »Ja, ich bringe die frohe Kunde zum Königssohn!«

Sofort begreift die böse Braut, worum es sich handelt. Um Mitternacht steht sie auf, nimmt den Brief aus der Tasche des Boten, wirft ihn ins Feuer und schreibt selbst einen Brief, den sie in die Tasche steckt. Sie schreibt aber: »Du weißt es bestimmt noch nicht, aber während deiner Reise brachte deine Frau einen Welpen zur Welt … nun sind wir vor allen blamiert und fragen dich: Was sollen wir tun?«

Der Bote überbringt den Brief dem Königssohn. Dieser

liest und wird sehr traurig. Er antwortet seinen Eltern: »So ist nun einmal mein Schicksal! Was Gott gegeben hat, nehme ich an. Pflegt das Kind und kränkt meine Frau nicht, bis ich zurück bin.« Diese Nachricht übergab der Prinz dem Boten und schickte ihn zurück. Der Bote übernachtete wiederum bei Lussiks Bruder. Und wieder steht die böse Braut um Mitternacht auf, nimmt den Brief aus der Tasche, wirft ihn ins Feuer und schreibt einen neuen: »Was meine Frau geboren hat, den Welpen, gebt ihr. Werft sie aus dem Haus, damit sie mir aus den Augen verschwindet, sonst stürzt ihr mich ins Unglück.«

Die Eltern erstaunt dieser Brief und sie denken: »Was soll das? Erst bringt er das Mädchen ins Haus und heiratet sie gegen unseren Willen, nun aber schreibt er, dass wir sie verschwinden lassen sollen?«

Sie sind sehr traurig und voller Mitleid, tun aber doch, was sie im Brief geheißen werden. Sie binden der Frau das Kind auf die Brust, sie weinen sehr, segnen sie und lassen sie aus dem Haus ziehen. Mit dem Kind auf der Brust geht Lussik weinend fort. Sie durchwandert tiefe Schluchten, dunkle Wälder, unbewohnte Gegenden und erreicht schließlich eine wasserlose, entlegene Wüste. Diese trockene, dürstende Ödnis durchquert sie. Ob sie zu weit oder zu wenig gegangen ist, weiß Gott allein. Doch schließlich erreicht sie einen Brunnen. Sie blickt hinein, und ihr scheint, dass das Wasser sehr nah ist. Sie beugt sich nieder, um zu trinken, da fällt ihr Kind in den Brunnen. Jammernd umkreist sie den Brunnen, als sie auf einmal eine Stimme hinter sich vernimmt:

»Hab keine Angst, Mädchen, hol es doch raus!«

Sie dreht sich um und erblickt einen Greis, dem der Bart bis zum Gürtel reicht.

»Wie soll ich denn mein Kind herausnehmen, Großvater, ich habe doch keine Hände!«

Lussik streckt ihre Arme aus, die Hände öffnen sich. Da

nimmt sie das Kind aus dem Brunnen. Sie will sich bei dem Alten bedanken, doch der ist verschwunden. Lassen wir nun Lussik und ihr Kind eine Weile allein. Von wem sollen wir jetzt berichten? Nun wenden wir uns dem Königssohn zu.

Der Prinz kehrte aus dem Ausland zurück, doch als er erfuhr, was vorgefallen war, betrat er sein Vaterhaus erst gar nicht, sondern machte kehrt und zog von Land zu Land, um seine Frau und sein Kind zu finden. Er fragte hier, er fragte dort nach ihnen. Schließlich traf er einen Mann:

»Guten Tag!«

»Gottes Güte!«

»Wohin denn, gesegnet sei dein Weg?«

»Ich suche meine Schwester!«

»Gut denn, statt allein zu suchen, suchen wir zusammen! Denn ich suche meine Frau und mein Kind!«

So befreundeten sie sich miteinander und suchten zusammen, Jahr um Jahr, doch weder fanden sie, wen sie suchten, nach erhielten sie irgendeine Nachricht. Der Königssohn baute schließlich an einer großen, vielbefahrenen Überlandstraße ein Rasthaus, sein Freund brachte seine Frau dorthin, und so lebten sie dort, um von den vorüberziehenden Reisenden Neuigkeiten zu erfahren.

Eines Tages kam eine Frau mit einem Kind an ihr Rasthaus. Der Prinz sagte seinem Freund: »Ruf diese arme Frau herein! Solche wissen viele Geschichten, und sie erzählen auch gut! Sie wird uns Märchen erzählen. Wir sind leidgeprüfte Menschen. Hören wir ihr zu, dann geht die Nacht schneller vorüber!«

Doch die Frau seines Freundes widersetzte sich und gab zu bedenken: »Hier ist kaum Platz genug für uns selbst. Wie sollen wir sie noch aufnehmen?«

Als aber der Königssohn darauf beharrte, ließen sie die beiden, Mutter und Kind, herein. Die Mutter setzte sich in eine

Ecke und zog das Kind neben sich. Der Königssohn sprach zu jener Frau: »Schwester, wir finden keinen Schlaf. Kannst du uns nicht Märchen oder Fabeln erzählen?«

»Ich kenne weder Märchen, noch Fabeln«, erwiderte die Frau. »Aber ich weiß eine wahre Begebenheit. Ein Fall, der sich wirklich zugetragen hat und höchst bemerkenswert ist. Wenn ihr wollt, kann ich das erzählen!«

»Gut, dann erzähl!«

Und die arme Frau beginnt zu erzählen:

»Irgendwann, irgendwo lebten eine Schwester und ihr Bruder. Der Bruder heiratet und bringt seine Frau ins Haus. Die war eine neidische, boshafte Frau!«

Die böse Frau, inzwischen die Wirtin des Rasthauses, erzürnte und sagte zu der Fremden: »Was für Lügen willst du uns da als wahre Geschichte verkaufen?«

»Was willst du, warum störst du?« ärgerte sich ihr Mann.

»Erzähl nur, Schwester, erzähl …«

Die Fremde fuhr fort:

»Die Schwester war eine schöne und gutherzige Frau. Alle Leute hatten sie gern. Ihr Bruder brachte ihr, wenn er von der Arbeit heimkehrte, stets eine Blume, Obst oder ein Kleid oder sagte ihr liebe Worte. Die böse Braut aber war neidisch und sann auf Mittel und Wege, um das schöne Mädchen zu beseitigen.«

»Schaut doch, was diese Fremde bloß erzählt«, mischte sich erneut die Rasthofwirtin ein.

»Was ist nur los mit dir? Lass uns doch zuhören! Fahr fort, liebe Schwester!« erwiderte erneut ihr Mann.

Und die Fremde fuhr fort:

»Mittel und Wege suchte die böse Frau. Eines Tages zerschlug sie das Mobiliar und schob die Schuld in die Schuhe des Mädchens, am nächsten Tag ließ sie das Lieblingspferd ihres Mannes verschwinden und beschuldigte das Mädchen. Doch da das alles nichts fruchtete, tötete sie am Ende das eigene Kind in der Wiege und versteckte das Messer in der Tasche des Mädchens!«

»Schweig, du Freche, Schamlose! Wer hätte je gehört, dass eine Mutter ihr eigenes Kind tötet?« jammerte die Wirtin.

»Warum unterbrichst du?« donnerte der Ehemann seine Frau an. »Lass sie doch weitererzählen! Siehst du nicht, wie lehrreich ihre Geschichte ist?«

Und die Frau erzählte weiter:

»Ein Prozess fand statt. Das Mädchen wurde verurteilt, zur Strafe hackte man ihr beide Hände ab und jagte sie weit fort. Verfolgt wanderte sie durch unbekannte Wälder. Der Sohn des dortigen Königs begegnet eines Tages auf der Jagd dem schönen Mädchen und heiratet sie. Dann geht der Prinz in ein sehr fernes Land. Seine Frau gebiert nach der Abreise ein goldhaariges Kind. Die frohe Nachricht wird dem Vater übermittelt. Doch der Bote macht unterwegs Rast bei dem Bruder des Mädchens mit den abgehackten Händen. Und die böse Frau vertauscht des Nachts den Brief der Eltern mit einem neuen Brief. In dem schreibt sie: 'Deine Frau hat einen Welpen zur Welt gebracht …'«

»Schweig endlich, es ist genug, was du zusammengewürfelt hast. Verlass das Haus und verschwinde sofort«, wütete die Wirtin.

»Bruder, gebiete deiner Frau, sich zu beruhigen. Wir wollen doch hören, wie es weiter ging«, bat der Königssohn seinen Freund. Und die Fremde fuhr fort:

»Der Königssohn liest den vertauschten Brief. Er wird traurig und betrübt, doch ordnet er an, dass Frau und Kind gut behandelt werden sollen, bis er heimkehrt. Der Bote aber übernachtet auf dem Heimweg wieder im selben Haus. Auch dieses Schreiben verfälscht die böse Frau und schreibt: 'Wenn ihr den Brief gelesen habt, bindet das Kind auf die Brust der Mutter und werft sie hinaus! ' Diesen Brief erhalten der König und die Königin. Sie wundern sich, sie leiden sehr, doch sie tun, was im Brief steht und binden das Kind seiner Mutter auf die Brust und lassen sie ziehen.«

»Woher kam diese Hündin?« schreit die Wirtin. Der Prinz und der Ehemann warten verdutzt auf den Schluss der Erzählung. Die Fremde kommt zum Ende: »Von Hunger und Durst gepeinigt, erreichen Mutter und Kind arm und mittellos dieses Rasthaus. Ihr Bruder und ihr Ehemann haben Mitleid mit ihr, bitten sie herein und verlangen, dass sie ein Märchen erzählt ...«

»Weh mir!« Die Wirtin sinkt in Ohnmacht.

»Lussik, bist du es wahrhaftig?« Der Königssohn und sein Freund springen vor Freude hoch.

»Ja, ich bin eure Lussik, und du mein Bruder, und du mein Mann, und da mein Kind und dort die böse Braut!«

In Worten lässt sich die Freude jener, die sich suchten und am Ende fanden, nicht beschreiben. Die böse Frau aber band man an den Schwanz eines wilden Pferdes, das man auf dem Feld losließ. Wo ihr Blut floss, dort wachsen jetzt Dornen und Disteln, und wo ihre Tränen flossen, breitet sich ein Salzsee. Auf dem Grunde des Sees aber schläft ein Kind in einer Wiege, ein Messer unter seinem Kopf. Weiter wird berichtet, dass auch ein Kloster zu sehen sei, wo eine Frau auf den Knien liegt und weint, unaufhörlich weint.

Das Zicklein Ulik

Im tiefsten Wald lebte eine Ziege, die hatte ein schönes Zicklein, das Ulik hieß. Jeden Tag ließ die Mutter Ulik zu Hause und ging allein zur Weide. Des Abends kehrt sie mit vollem Euter zurück und ruft: »Mää-äh-ääh ...«

Schwarze Ulik,
schönes Kindlein,
geweidet hab' ich auf Berg und im Tal,
frische Milch bringe ich heim,
öffne die Tür,
ich trete ein,
frische Milch gebe ich dir,
schwarze Ulik,
schönes Kindlein!«

Ulik springt bei diesen Worten sofort auf und öffnet die Tür.
Die Mutter säugt es und geht wieder weiden. Der Wolf, der
alles heimlich beobachtet hat, klopft eines Abends an die Tür,
bevor die Mutter heimkehrt, und ruft mit tiefer Stimme:

»Schwarze Ulik,
schönes Kindlein,
geweidet hab' ich auf Berg und im Tal,
frische Milch bringe ich heim,
öffne die Tür,
ich trete ein,
frische Milch gebe ich dir,
schwarze Ulik,
schönes Kindlein!«

Ulik lauscht ihm und fragt: »Wer bist du? Ich kenne dich nicht.
Meine Mutter ruft mich nicht so. Sie hat eine süße und zarte
Stimme. Deine Stimme aber ist rau und grob. Ich mach dir
die Tür nicht auf. Geh weg! Ich will dich nicht!«
    Dann kommt die Mutter und klopft an die Tür:

»Schwarze Ulik,
schönes Kindlein,

geweidet hab' ich auf Berg und im Tal,
frische Milch bringe ich heim,
öffne die Tür,
ich trete ein,
frische Milch gebe ich dir,
schwarze Ulik,
schönes Kindlein!«

Ulik öffnet, trinkt ihre Milch und berichtet alles ihrer Mutter:
»Weißt du, Mutter, was vor kurzem geschah? Da kam einer,
klopfte an die Tür und rief:

Schwarze Ulik,
schönes Kindlein,
geweidet hab' ich auf Berg und im Tal,
frische Milch bringe ich heim,
öffne die Tür,
ich trete ein,
frische Milch gebe ich dir,
schwarze Ulik,
schönes Kindlein!

Er sagte mir: Mach die Tür auf! Aber er hatte eine so tiefe
Stimme, dass ich zitterte. Vor Angst machte ich die Tür nicht
auf, sondern sagte ihm: Ich will dich nicht!«

»Ach, meine schwarze Ulik, wie gut hast du getan, dass du
ihm nicht geöffnet hast«, erwiderte die Mutter erschrocken.
»Das war der Wolf, er kam, um dich zu fressen. Wenn er wie-
derkommt, öffnest du nicht die Tür, sondern sagst ihm, dass
deine Mutter ihn mit ihren scharfen Hörner aufspießen wird,
falls er nicht geht.«

Panos, der Pechvogel

Einst lebte ein armer Mann, der Panos hieß. Er war ein lieber, freundlicher Mensch, doch was er auch anfing, schlug fehl. Deshalb nannte man ihn Panos, den Pechvogel. Alles, was er besaß, waren ein Paar Ochsen, ein Karren und eine Axt.

Eines Tages spannte er die Ochsen vor den Karren, nahm seine Axt und fuhr in den Wald, um Holz zu schlagen. Im Wald dachte er bei sich: Nach dem Fällen des Baumes wird es mich viel Mühe kosten, den riesigen Stamm auf den Karren zu laden. Ehe ich mich abmühe, wäre es wohl besser, den Karren angeschirrt vor den Baum zu fahren, so dass der Baum wie von selbst auf den Karren fällt.

Gedacht, getan. Er fährt den Karren mit den Ochsen unter einen großen Baum, geht dann auf dessen andere Seite, zieht seine Axt und schlägt zu. Ob er nun viel oder wenig schlug, weiß allein der Baum, aber dann stürzt der Baum ächzend nieder, zerschmettert den Karren und erschlägt die beiden Ochsen mit seinem Gewicht. Panos steht verdutzt da. Was soll er nun tun? Er ergreift die Axt, kratzt sich nachdenklich den Nacken und macht sich auf den Weg nach Hause.

Der Weg führt ihn an einem See vorbei. Panos erblickt dort viele Wildenten, die auf dem Wasser schwimmen. Er denkt bei sich: »Zum Teufel mit dem Karren und den Ochsen! Wenigstens will ich eine Ente erjagen und meiner Frau bringen!«

Und schon schleudert er die Axt nach einer der Enten. Schnatternd stieben die Enten auseinander und fliehen. Die einen verstecken sich im Schilf, die anderen fliegen fort, und die Axt fällt auf den tiefsten Grund des Sees und verschwindet. Panos bleibt am Seeufer stehen und überlegt. Was soll er bloß tun? Und was soll er lassen?

Er entkleidet sich, lässt die Kleider am Ufer liegen und watet ins Wasser, um die Axt zu holen. Doch je weiter er hineingeht, umso tiefer wird der See. Als er erkennt, dass er ertrinken könnte, kehrt er ans Ufer zurück.

Gerade zu der Zeit aber, als Panos im Wasser steht, kam auch ein Fußgänger am Seeufer daher und erblickt die herumliegenden Kleider. Und da er den im Schilf verborgenen Panos nicht sieht, sammelt er die verstreuten Kleider ein und nimmt sie mit. Panos steigt aus dem See und merkt, dass seine Kleider nicht mehr da sind. So bleibt er nackt dort stehen.

Er überlegt: »Was, lieber Gott, soll ich so nackt anfangen? Wohin mich wenden?«

Er wartet bis zur Dunkelheit, dann geht er ins Dorf. Dort überlegt er: »Wenn ich so nackt nach Hause komme, was werden wohl meine Hausgenossen sagen? Wäre es nicht besser, zu meinem Bruder zu gehen und von ihm Kleider zu leihen? Danach gehe ich dann zu meiner Frau.«

Er ändert seine Richtung und schlägt den Weg zu seinem Bruder ein. In jener Nacht gab es ein Fest zu Ehren des Bruders und die Feier erreichte gerade ihren Höhepunkt. Panos öffnete sachte die Tür und blickte durch den Spalt. Einer der Gäste, der an einem Knochen kaute, vermeinte, dass der Hofhund die Tür aufgestoßen habe und schleuderte den Knochen zur Tür, so dass er den Panos im Gesicht traf und sein Auge verletzte. Schreiend vor Schmerz zog sich Panos zurück. Von diesem Lärm erwachten die Hunde. Als sie in der Dunkelheit einen nackten Mann entdeckten, griffen sie ihn von allen Seiten an. Auf ihr Gebell hin traten die Dorfbewohner vor die Tür und erblickten einen Nackten auf der Flucht, von Hunden gejagt. Ohne sich lange zu bedenken kamen sie zu dem Schluss, dass es sich bei dem Nackten um den Leibhaftigen handeln müsse.

Eine lange Zeit jagten sie ihn unter Geschrei und Beschimpfungen, bis Panos im Wald verschwunden war. Bei dieser Hetzjagd zerbissen die Hunde dem Panos auch den Schenkel, und so verirrt sich Panos mit seinem verletzten Auge und unter großen Schmerzen im Wald. Am nächsten Tag verbreitete sich das Gerücht, dass Panos verschwunden sei, als er in den Wald gegangen war, um Holz zu sammeln. Die Dörfler versammelten sich und zogen in den Wald, um ihn zu suchen. Sie finden seinen zerstückelten Karren, von ihm selbst aber keine Spur. Sie suchen hier nach ihm, suchen dort nach ihm und finden schließlich seine Kleider bei einem Mann:

»Mensch, wo hast du denn diese Sachen her?«

»Nun, ich habe sie verstreut am See gefunden, habe sie eingesammelt und nach Hause mitgenommen!«

Die Dörfler gehen und suchen die Ufer des Sees ab, »Panos, Panos!« rufend. Doch von Panos findet sich noch immer keine Spur. Da kommen sie zu dem Schluss, dass Panos ertrunken sein muss. Die Verwandten bestellen eine Seelenmesse und richten das Totenmahl, seine Frau trauert noch eine Weile, preist den Panos und bejammert sein Ende, dann findet sie einen Heiratswilligen, der sie ehelicht und zu dem sie dann zieht.

Der Lügner

Einst lebte ein König, der ließ in seinem Reich ausrufen:

»Wer so lügt, dass ich zugebe, dass es gelogen ist, bekommt die Hälfte meines Reiches.«

Da meldete sich ein Hirte und sprach: »Lang lebe der König! Mein Vater besaß einen Stab, so lang, dass er damit die Sterne im Himmel berührte.«

»Das kann vorkommen«, antwortete der König. »Mein Großvater hatte eine Pfeife, die steckte er sich in den Mund, drehte dann den Kopf zur Sonne und zündete sich an ihr die Pfeife an.«

Sich den Kopf kratzend, zog der Lügner ab. Dann kam ein Schneider und sprach: »Verzeiht, lieber König, ich hätte früher erscheinen sollen. Aber ich verspätete mich, denn gestern regnete und donnerte es viel, der Himmel riss auf, darum war ich dort, um ihn zu flicken.«

»Ausgezeichnet«, erwiderte der König, »aber du hast nicht ganze Arbeit geleistet, denn heute früh hat es wieder geregnet.« Da entfernte sich auch dieser. Nun kam ein armer Bauer, einen Scheffel unter dem Arm.

»Was willst du, Mensch?« fragte der König.

»Du bist mir noch einen Scheffel Gold schuldig, den will ich jetzt abholen!«

»Einen Scheffel Gold?« wunderte sich der König. »Du lügst, ich schulde dir keinen Scheffel Gold.«

»Wenn ich lüge, dann gib mir die Hälfte deines Reiches!«

»Nein, nein, du sprichst die volle Wahrheit«, beeilte sich der König richtigzustellen.

»Wenn ich die Wahrheit spreche, dann gib mir meinen Scheffel Gold wieder!«

Der Spatz

Einst lebte ein Spatz, dem stach eines Tages ein Dorn in den Fuß. Der Spatz flog hin und flog her und erblickte eine alte Frau, die Reisig sammelte, um ihren Lehmofen anzuheizen.

»Mütterchen, zieh mir erst den Dorn aus dem Fuß, dann zünde deinen Ofen an! Ich aber will scharren gehen, um Körner zu finden.«

Die Alte zog ihm den Dorn heraus und zündete ihren Lehmofen an. Doch der Spatz kam wieder und forderte seinen Dorn zurück.

»Den Dorn habe ich aber in den Ofen geworfen!«

Der Spatz bestand auf seiner Forderung:

»Gib mir den Dorn, sonst fliege ich hin, fliege ich her, nehme dein Lawasch[19] und fliege davon!«

Notgedrungen rückt ihm die alte Frau ein Fladenbrot heraus. Der Spatz nimmt es und fliegt davon. Unterwegs sieht der Spatz, wie ein Hirte seine Milch trinkt, ohne Brot:

»Bruder Hirte, warum trinkst du denn Milch ohne Brot? Hier, nimm das Brot, brock es dir in die Milch und iss! Ich aber will scharren gehen, um Körner für meine Nahrung zu finden!«

Er fliegt davon, kommt zurück und verlangt sein Lawasch. Der Hirte antwortet:

»Aber ich habe das Brot doch schon gegessen!«

»Nein«, beharrt der Spatz, »gib mir mein Lawasch zurück. Sonst fliege ich hin, fliege ich her, schnappe mir ein Lamm und mach mich davon!«

Notgedrungen gibt ihm der Hirte ein Lamm, das nimmt der Spatz und fliegt davon. Da sieht er, wie irgendwo eine Hochzeitsfeier ausgerichtet wird, doch die Gäste haben kein Fleisch zu essen:

»Warum seid ihr verzweifelt? Nehmt mein Lamm und feiert lustig! Ich aber will scharren gehen, um meinen Lebensunterhalt zu fristen!«

Nach einer Weile kehrt der Spatz zurück und verlangt sein Lamm. Man antwortet ihm:

»Aber wir haben doch das Lamm bereits gekocht und verspeist, wie sollen wir es dir zurückerstatten?«

Der Spatz beharrt auf seiner Forderung:

»Nein, ihr sollt mir mein Lamm zurückgeben, sonst fliege ich hin, fliege ich her, nehme die Braut und fliege fort!«

Tatsächlich schnappt er sich die Braut und fliegt mit ihr fort. Er fliegt und fliegt, bis er unterwegs einen Barden erblickt:

»Bruder Barde, nimm dir die Braut! Ich aber will scharren gehen, um meinen Lebensunterhalt zu fristen!«

Nach einer Weile kehrt der Spatz zurück, versperrt dem Barden den Weg und verlangt die Braut. Der Barde antwortet: »Die Braut ist nach Hause zurückgekehrt!«

Der Spatz sagt seinen Spruch: »Gib mir meine Braut, sonst fliege ich hin, fliege ich her und schnappe mir deine Laute!«

Notgedrungen händigt ihm der Barde seine Laute aus. Der Spatz ergreift sie, hängt sie sich über seine Schulter und fliegt fort. Irgendwo lässt er sich unterwegs nieder, greift beherzt in die Saiten und zwitschert los:

> Zengel, Mengel,
> ich gab ein Dörnchen, erhielt ein Brötchen,
> gab ein Lämmchen, bekam ein Bräutchen,
> Das Bräutchen tauschte ich für ein Lautchen.
> Die Laute machte mich zum Barden …
> Zengel, Mengel,
> ziw, ziw, ziw!

Der Tod des Kikos

Einst lebte ein Paar, das hatte drei Töchter. Eines Tages, bei der Arbeit, wurde der Vater durstig und schickte die älteste Tochter, um Wasser zu holen. Das Mädchen nimmt den Krug und geht zur Quelle. An der Quelle stand ein hoher Baum. Als sie den Baum erblickt, beginnt sie zu sinnen:

»Wenn ich heirate, werde ich einen Sohn haben, der soll Kikos heißen. Wenn er auf diesen Baum klettert und auf den Felsen stürzt, wird er sterben. Ach, Kikos, mein Kikos, o weh!«

Sogleich setzt sie sich unter den Baum und wehklagt:

> Ich bekam einen Mann,
> ich bekam einen Sohn.
> Auf dessen Kopf saß eine Kapuze.

Kikos heißt der liebe Knabe.
Er stieg auf den Baum
und fiel auf den Fels.
O weh, mein lieber Kikos,
o weh, mein lieber Sohn!

Unterdessen wartet ihre Mutter und wartet. Als die Älteste nicht zurückkommt, schickt sie die mittlere Tochter: »Schau einmal nach, warum deine Schwester sich verspätet!« Kaum hat die älteste Schwester die mittlere von weitem erblickt, fängt sie noch lauter an zu jammern:

Ich bekam einen Mann,
ich bekam einen Sohn.
Auf dessen Kopf saß eine Kapuze.
Kikos heißt der liebe Knabe.
Er stieg auf den Baum
und fiel auf den Fels.
O weh, mein lieber Kikos,
o weh, mein lieber Sohn!

»O weh, lieber Kikos, o weh!« schluchzt nun auch das mittlere Mädchen und setzt sich neben die älteste Schwester, und beide beginnen laut zu wehklagen.

Die Mutter indessen wartet und wartet, und als die beiden nicht zurückkehren, schickt sie die Jüngste: »Sieh doch einmal nach, was mit deinen Schwestern geschehen ist! Warum kommen sie nicht?«

Nun geht das jüngste Mädchen los und erblickt seine beiden Schwestern, die an der Quelle sitzen und weinen:

»He, warum weint ihr?«

»Weißt du es denn nicht?

Ich bekam einen Mann,
ich bekam einen Sohn.
Auf dessen Kopf saß eine Kapuze.
Kikos heißt der liebe Knabe.
Er stieg auf den Baum
und fiel auf den Fels.
O weh, mein lieber Kikos,
o weh, mein lieber Sohn!«

»Wehe deiner Tante, lieber Kikos!« Auch dieses Mädchen bricht in Tränen aus und setzt sich neben die beiden anderen. Gemeinsam beginnen sie zu wehklagen. Die Mutter indessen wartet und wartet. Und als sie erkennt, dass die Mädchen nicht zurückkehren, geht sie selbst los. Als die drei Mädchen von weitem ihre Mutter erblicken, rufen sie zusammen: »Komm, komm, du Unglücklichste, schau, was mit deinem Enkelchen geschehen ist!«

»Was für ein Enkelchen, was ist los, Mädchen?«

Die älteste Tochter antwortet: »Hast du es denn nicht vernommen, liebe Mutter?

Ich bekam einen Mann,
ich bekam einen Sohn.
Auf dessen Kopf saß eine Kapuze.
Kikos heißt der liebe Knabe.
Er stieg auf den Baum
und fiel auf den Fels.
O weh, mein lieber Kikos,
o weh, mein lieber Sohn!«

»Ach, wäre ich blind und hätte diesen Tag nie erblickt, lieber Kikos!« Zum Zeichen der Trauer schlägt sich die Mutter mit den Handflächen auf die Knie, setzt sich neben ihre Töchter und trauert mit ihnen.

Der Mann erkennt, dass seine Frau die Töchter holen ging, ohne zurückzukehren. »Ich will mal nachsehen, was geschehen ist, dass sie eine nach der anderen zur Quelle gingen und nicht zurückkehrten«, denkt er bei sich, steht auf und kommt auch zur Quelle. Als sie ihn erblicken, rufen ihn seine Frau und die Töchter an: »Komm, du unglücklicher Großvater, komm und schau, was mit Kikos geschehen ist … schade um Kikos …«

»Was für ein Kikos, was sagt ihr da?« wundert sich der Mann.

»Weißt du es denn nicht?« fragt die älteste Tochter.

> Ich bekam einen Mann,
> ich bekam einen Sohn.
> Auf dessen Kopf saß eine Kapuze.
> Kikos heißt der liebe Knabe.
> Er stieg auf den Baum
> und fiel auf den Fels.
> O weh, mein lieber Kikos,
> o weh, mein lieber Sohn!«

»O weh, lieber Kikos«, trauern auch die Mutter und der Dichter, sich die Knie schlagend. Der Vater aber war der Klügste unter ihnen. Er sagte:

»Ihr Törichten, was sitzt ihr hier herum und trauert? Wie lange ihr auch trauert und weint wird doch den Kikos nicht wieder lebendig machen. Also stehen wir besser auf und gehen nach Hause! Wir wollen den Leuten Bescheid sagen, dass wir eine Messe in der Kirche lesen lassen und einen Leichenschmaus geben. Bloß mit Weinen erreichen wir nichts. Das ist der Lauf der Welt. Wie Kikos gekommen ist, muss er auch wieder gehen.«

Alles, was diese armen Menschen besaßen, war ein vierbeiniger Ochse und ein Sack Mehl. Den Ochsen schlachteten sie, aus dem Mehl buken sie Brote. Dann luden sie ihre Verwandten und Bekannten ein, feierten eine Messe, gaben den Leichenschmaus zu Ehren des Kikos, und erst danach fanden sie wieder ihren Frieden.

Der sprechende Fisch

Einst lebte ein armer Mann, der fand Arbeit als Lastträger bei einem Fischer. Als Lohn erhielt er täglich ein paar Fische, die trug er nach Hause, und er und seine Frau lebten davon.

Eines Tages fing der Fischer einen wunderschönen Fisch und gab ihn seinem Lastträger in Verwahrung, während er wieder zum Fischen ins Wasser zurückkehrte. Derweil schaute der Lastträger, am Ufer des Flusses sitzend, auf den schönen Fisch und dachte: »Lieber Gott, dieser hier ist doch wie wir ein atmendes Wesen mit Eltern und Großeltern. Wie wir nimmt er seine Umgebung wahr, fühlt Freude und Schmerz. Oder etwa nicht?«

Während ihm solche Gedanken durch den Kopf gingen, sprach ihn der Fisch an:

»Höre, o Bruder Mensch! Ich habe mit meinen Freunden in den Wellen des Flusses gespielt. Vor lauter Freude vergaß ich meine Vorsicht und ging dem Fischer ins Netz. Nun suchen mich meine Eltern gewiss und weinen, und meine Freunde trauern, und wie du siehst, quäle ich mich sehr, denn ich ersticke außerhalb des Wassers. Wie gerne würde ich zu meinen Freunden zurückkehren und im kalten, klaren Wasser spielen! Wie sehnlich wünsche ich mir das! Komm, hab Mitleid mit mir, lass mich frei, lass mich gehen!«

So sprach der Fisch ganz leise, mit trockenem Maul, das er auf- und zumachte. Den Lastträger erfasste Mitleid, er nahm den Fisch und warf ihn in den Fluss:

»Geh nur, schöner Fisch, damit deine Eltern nicht weinen

und deine Freunde nicht trauern. Geh, freu dich des Lebens und spiel mit den Freunden!«

Der Fischer aber ärgerte sich maßlos über seinen Lastträger.

»Du Dummkopf«, schalt er ihn, »ich werde hier im kalten Wasser nass beim Fischfang, und du wirfst einfach die Fische wieder zurück ins Wasser! Verschwinde, lass dich nicht mehr blicken. Du bist nicht länger mein Lastträger! Geh und verhungere!«

Er nahm ihm auch die Tragtasche ab und jagte ihn fort.

»Was soll ich jetzt bloß tun? Wohin soll ich mich wenden, wovon soll ich leben?«

Mit leeren Händen, in Gedanken versunken und verbittert, ging der Arme heim. Während er seinen trüben Gedanken nachhing, erschien plötzlich mitten auf dem Weg ein menschenähnlicher Dämon, der eine schöne Kuh vor sich hertrieb.

«Guten Tag, Bruder, was bist du so durcheinander? Warum bist du so nachdenklich?« fragte der Dämon.

Der Arme erzählte ihm, was vorgefallen war und wie er nun arbeitslos ist und voller Verzweiflung, da er nicht weiß, wovon er und seine Frau leben sollen.

»Hör zu, mein Freund«, sprach der Dämon, »ich überlasse dir diese Milchkuh für drei Jahre. Die Kuh wird euch so viel Milch geben, dass ihr satt leben könnt. Nach Ablauf der Frist werde ich in derselben Nacht kommen und euch Rätsel stellen. Wenn ihr meine Fragen beantworten könnt, gebe ich euch meine Kuh, anderenfalls gehört ihr beide mir. Ich werde euch beide mitnehmen und mit euch tun, was ich will. Bist du einverstanden?«

Da wir so oder so verhungern werden, dachte der Arme bei sich, nehme ich lieber die Kuh. Die nächsten drei Jahre haben wir unser Auskommen, danach wird der liebe Gott ein Einsehen haben. Irgendeine Tür wird sich schon öffnen, vielleicht können wir auch die Fragen beantworten. Und so antwortet er »ich bin einverstanden« und treibt die Kuh nach Hause.

Drei Jahre melken sie die Kuh, essen sich satt, leben gut und merken nicht einmal, wie die Zeit verstreicht. Und so bricht der bestimmte Tag an, an dem der Dämon kommen soll. Zur Abendröte sitzen Mann und Frau, wie es bei uns üblich ist, vor der Tür und denken nach: Wie wird unsere Antwort lauten? Wer kann wissen, was er fragt? Und wer weiß, was der Dämon damit meint?

»Ja, so ist es, wenn man mit einem Dämon zu tun hat, mit einem Dämon ins Geschäft kommt oder von einem Dämon Hilfe erhält!« Seufzend bereuten sie, was geschehen war, aber es nutzte nichts mehr, vorbei war vorbei. So rückte die schreckliche Nacht heran.

Um diese Zeit näherte sich ihnen ein unbekannter schöner Jüngling:

»Guten Abend, ich bin auf der Reise. Bald wird es dunkel und ich bin sehr müde. Würdet ihr mich heute Nacht nicht als Gast bei euch empfangen?«

»Warum nicht, reisender Bruder? Den Reisenden schickt ja Gott selbst. Aber heute Nacht ist es bei uns gefährlich: Wir nahmen von einem Dämon eine Kuh an. Drei Jahre lang durften wir sie melken und davon leben, doch nach drei Jahren wird er kommen und uns Rätsel aufgeben. Wenn wir sie lösen können, bleibt die Kuh unser. Wo nicht, werden wir zu seinen Gefangenen. Heute Nacht ist die Frist abgelaufen. Wir wissen nicht, was wir antworten sollen. Wir sind in seiner Schuld und er kann tun, was ihm beliebt. Verhüte Gott, dass er auch dir schadet!«

»Keine Ursache! Was euch geschieht, geschieht auch mir«, erwiderte der Fremde. Da stimmten sie zu, und der Gast blieb. Auf einmal, um Mitternacht, erbebte die Tür. Und wer war es wohl? Der Dämon.

»Ich bin gekommen, nun antwortet!«

»Was sollen wir antworten?« Der Schreck verschlug ihnen

die Sprache, sie waren wie versteinert. »Keine Angst, ich will seine Fragen beantworten«, sprach der junge Gast und ging zur Tür.

»Ich bin gekommen«, schrie der Dämon hinter der Tür.

»Ich bin auch gekommen«, erwiderte der Gast von innen.

»Woher bist du gekommen?«

»Vom anderen Ufer der See.«

»Wie bist du gekommen?«

»Die lahme Mücke habe ich gesattelt und bin auf ihr geritten!«

»Dann ist die See sehr klein gewesen.«

»Der Adler kann nicht von einem Ufer zum anderen fliegen!«

»Dann ist der Adler ein Küken gewesen.«

»Was denn für ein Küken? Der Schatten seiner Flügel bedeckt eine ganze Stadt.«

»Dann ist die Stadt sehr klein.«

»Der Hase ist nicht in der Lage, von einer Seite zur anderen zu laufen.«

»Dann ist der Hase noch ein Häschen!«

»Sein Pelz wird für einen Mantel, eine Kappe sowie die Schuhe eines Mannes reichen!«

»Dann ist der Mann ein Zwerg!«

»Wenn auf seinem Knie der Hahn kräht, erreicht der Ruf nicht das Ohr des Mannes!«

»Dann ist der Mann taub!«

»Wenn der Hirsch auf dem Berg äst, wird es der Mann vernehmen!«

Der Dämon ist verwirrt, denn er merkt, dass es jemand im Haus gibt, der weise, mutig und unbesiegbar ist. Er weiß nicht mehr, was er machen soll. Ganz leise zieht er sich in die Dunkelheit der Nacht zurück und verschwindet. Der Mann und seine Frau, halb tot, halb lebendig, kommen wieder zu sich und freuen sich sehr. Bei Anbruch des segenbringenden Lichtes erhebt sich der junge Gast, sagt ihnen Lebewohl und macht sich auf den Weg.

»Nein, wir lassen dich nicht ziehen, du hast uns das Leben gerettet! Was sind wir dir schuldig?«

»Ihr seid mir nichts schuldig! Nun aber muss ich wirklich fort!«

»Nenn uns doch wenigstens deinen Namen! Wenn wir auch nicht in der Lage sind, dir deine guten Taten zu entgelten, so wollen wir wissen, wie du heißt, um dich zu segnen!«

»Tue eine Wohltat, denn alles andere verweht der Wind! Ich bin der Fisch, der gesprochen hat und dessen Leben du verschontest«, antwortete der Fremde und verschwand.

Das Ende der Bosheit

Es war einst ein Berg, auf dem Berg stand ein Baum, darin befand sich eine Höhle und in der Höhle ein Nest. In dem Nest saßen drei Küken und auf ihnen die Mutter Kuckuck.

> Kuku, kuku, meine Kuckucke,
> wann bekommt ihr Flügel
> und fliegt weit fort?

freute sie sich. So sang Mutter Kuckuck. Da erschien plötzlich der Fuchs:

> Das ist mein Berg.
> Das ist mein Baum.
> Und die Höhle im Baum,
> und das Nest in der Höhle.
> Wer hat es gewagt,
> sich hier einzuschleichen
> und breit zu machen?

Ach, du Kuckuck, dummer Kuckuck!
Wie viele Kinder hast du?

»Drei Küken nur, verehrter Fuchs!«
»Drei Küken? Dir will ich's zeigen! Und kommst du nicht auf den Gedanken, mir eines von diesen dreien als Diener zu schenken? Schick es sofort hierher!

Meine Axt ist scharf,
meine Axt ist breit,
ich fälle den Baum …«

»Ach und weh, hack ihn nicht ab, um Gottes willen! Hier, nimm dieses eine als Diener zu dir! Nur rotte uns nicht aus, mit Stamm und mit Nest, die ganze Rasse«, flehte ihn Mutter Kuckuck an und warf ein Junges nach unten. Der Fuchs aber, happ! schnappte es sich und lief seines Wegs.

Ach und weh, du, du, du,
mein kleiner Kuku,
in welch dunklem Wald,
unter welch dunklem Busch,
sitzt du ganz allein?
Ach und weh, du, du, du,
mein kleiner Kuku!

weinte Mutter Kuckuck. Und schon war der Fuchs wieder da:

Das ist mein Berg.
Das ist mein Baum.
Und die Höhle im Baum,
und das Nest in der Höhle.
Wer hat es gewagt,

sich hier einzuschleichen
und breit zu machen?
Ach, du Kuckuck, dummer Kuckuck!
Wie viele Kinder hast du?

»Nur zwei Küken, verehrter Fuchs!«
»Dir will ich's zeigen! Zwei Kinder? Willst du dich denn mit aller Gewalt vermehren und alles hier mit deiner Brut besiedeln? Wirf mir sofort eines nach unten!

Meine Axt ist sonst scharf,
meine Axt ist breit!
Ich hole sie her
und fälle den Baum!«

»Ach und weh, bloß nicht den Baum abhacken, um Gottes willen! Nimm dieses hier und lass mir das letzte nur«, flehte Mutter Kuckuck und warf ihr zweites Küken nach unten. Der Fuchs schnappte sich auch dieses und zog seines Wegs.

Weh, o weh,
Warum kam ich nur
auf diesen Berg,
Baute mein Nest,
Brütete meine Eier aus?
Der Fuchs kam des Wegs,
Nahm und fraß
zwei kleine Kuku …

schluchzte bitterlich Mutter Kuckuck. Just zu dieser Zeit flog – krah-krah – der Rabe über das Nest und hörte sie weinen:

»So traurig und bekümmert?
Was weinst du, Schwester Kuckuck?«

»Wie soll ich nicht weinen, lieber Gevatter?

Der Fuchs, böse und hartherzig,
brachte mir Trauer und Leid.
Er nahm meine Kinder und fraß sie auf.«

»Weh dir, du dummer Kuckuck,
der so leicht zu täuschen war
durch die Lügen des bösen Fuchses.
Wie kann er behaupten,
der Berg sei sein?
Wer gab dem Unverschämten
den Berg in Besitz?
Wer erlaubte ihm,
von der scharfen Axt zu sprechen,
dich und andere zu erschrecken
und deine Küken, eines gestern,
eines heute zu fressen?
Zum Teufel mit dem bösen Dieb!
Wer gab ihm denn die scharfe Axt?

Wenn er noch einmal kommt, um zu drohen, dann hab keine
Angst!« So sprach der Rabe und flog fort. Siehe da, schon kehrt
der Fuchs zurück:

»Das ist mein Berg,
Das ist mein Baum …«

Kaum hatte der Fuchs das gesagt, reckte sich Mutter Kuckuck
aus ihrem Nest:

»Du lügst, du Lump!
Räuber und geiziger Nimmersatt!
Der Berg gehört uns allen gleich!

Du erklärst dich zu seinem Inhaber, und ich Dumme nahm es als Wahrheit und gab dir meine lieben Kinder … Verschwinde, du böser Fuchs. Es ist genug, du bist ein Lügner! Nun weiß ich es und fürchte mich nicht mehr. Du hast keine Axt, den Baum zu fällen.«

»Wer sagt dir das?«

»Der Rabe!«

»Der Rabe? Na gut.«

Sehr verärgert über den Raben zog der Fuchs seinen Schwanz ein und ging fort. Er ging und streckte sich auf einem Feld aus, als sei er gestorben. Der Rabe glaubte tatsächlich, dass der Fuchs tot sei, und ließ sich auf ihm nieder, um dem Fuchs die Augen auszupicken.

»Krah-krah, lieber Herr Fuchs …«

»Du krächziges Tier, verleumderisches! Wieso erzählst du der Kuckucksmutter, ich hätte keine Axt? Nun wirst du sie mit eigenen Augen erblicken!«

»Erbarmen, du lieber Fuchs!

Ich sagte es, ich leugne nicht,
Zerreiße mich und iss mich roh.
Straf mich nach deinem Geschmack.
Doch höre auf mein letztes Wort:
Auf jenem Berg, genau gegenüber,
Hüte ich einen teuren Schatz,
wie du ihn in deinem Leben nicht
Finden kannst …
in keinem Hühnerhof, in keinem Wald.
Warum soll der große Schatz umsonst

In der Erde verschwinden?
Gehen wir hin, ich schenke ihn dir.
Du kannst so viel essen, wie dir gefällt.

Und sollte ich lügen und alles unwahr sein, dann hast du auf jeden Fall ja noch mich!«

»Gut denn, gehen wir!« Der Fuchs war einverstanden. »Wenn es wahr ist, gut, wenn nicht, dann fresse ich dich!«

Im Flug hatte der Rabe aber den Schäferhund des Bauern erspäht, der unter einem Busch schlief. Er führte den Fuchs genau zu dieser Stelle:

»Dort, unter dem Busch, liegt mein Schatz versteckt!«

Der habgierige Fuchs sprang auf den Busch. Der Hund sprang auf und packte den Fuchs an der Kehle:

«O weh, o weh,
ich unvorsichtiger Fuchs,
so in der Falle gefangen,
ach, du Ungerechter, schwarzer …«

»Wie vorsichtig du auch sonst sein magst, Herr Fuchs, so kommt für die Bosheit früher oder später das Ende. Krah-krah, krah-krah!« rief der Rabe und flog davon.

König Tschach-Tschach

Einst lebte ein armer Müller. Er trug einen zerrissenen Kittel und auf dem Kopf eine mehlbestäubte Pelzkappe. So lebte er am Flussufer in seiner baufälligen Mühle. Zur Nahrung besaß er einzig eine aschenverkrustete Matze und ein Stück Käse. Eines Tages, als er fort war, um das Wasser zur Mühle zu leiten, entdeckte er, dass der Käse verschwunden war. Und als er ging, um den Wasserzufluss wieder zu sperren, war auch die Matze weg.

»Wer kann das nur gewesen sein?« dachte er bei sich und stellte am Eingang zur Mühle eine Falle auf. Nach dem Aufstehen am nächsten Morgen entdeckte er, dass ein Fuchs in der Falle sitzt.

»Aha, verdammter Dieb, du also hast meine Matze und meinen Käse gegessen! Warte nur, ich will dir Matze und Käse zeigen«, sprach der Müller und ergriff eine Eisenstange, um den Fuchs zu töten.

Der aber bat und flehte:

»Töte mich nicht! Denn was ist dir ein Stück Käse wert, damit du mich dafür tötest? Lass mich lieber laufen, dann will ich dir viele Gefälligkeiten erweisen!«

Der Müller stimmte zu und ließ ihn frei. Der Fuchs aber tat sich in den Abfallgruben des Königs jenes Landes um und fand ein Goldstück, mit dem er zum König lief:

»Lang lebe der König! Leiht mir euren Scheffel aus! Der König Tschach-Tschach besitzt etwas Gold. Das wollen wir abmessen, dann bringen wir das Maß zurück.«

»Wer ist denn dieser König Tschach-Tschach?« fragte erstaunt der König.

»Kennst du ihn etwa nicht?« erwiderte der Fuchs. »Tschach-Tschach ist ein reicher König, und ich bin sein Kanzler. Gib mir das Maß, dann wollen wir das Gold messen. Du wirst noch Gelegenheit haben, Tschach-Tschach kennenzulernen.«

Er nahm den Scheffel und legte das im Müll gefundene Goldstück hinein. Am Abend brachte er den Scheffel zurück.

»Das war knapp«, sprach der Fuchs, »wir haben es kaum geschafft!«

»Sollten sie tatsächlich die ganze Zeit mit dem Scheffel Gold gemessen haben?« denkt der König. Er schüttelte den Scheffel, klirrend fiel ein Goldstück zu Boden. Am kommenden Tag kehrte der Fuchs zurück und forderte erneut vom König den Scheffel, damit König Tschach-Tschach Edelsteine und Perlen messen könne. Der Fuchs erhielt das Maß. Beim Zurückbringen steckte er eine kleine Perle in eine Spalte.

»Das war knapp«, sprach er, »wir haben es kaum geschafft, alles zu messen.«

Der König schüttelte den Scheffel, die Perle fiel zu Boden: »Er erstaunt mich, dieser König Tschach-Tschach. Er muss steinreich sein, wenn er Edelsteine und Perlen mit Scheffeln misst.«

Einige Tage waren verstrichen, da kam der Fuchs, um um die Hand der Königstochter anzuhalten:

»Der König Tschach-Tschach will deine Tochter freien!«

Die Freude des Königs ist riesig:

»Macht euch auf den Weg, beeilt euch! Bereitet euch auf das Hochzeitsfest vor!«

Am Hof herrscht ein großes Durcheinander. Alle rüsten zur Hochzeit, der Fuchs aber läuft zur Mühle, um dem Müller die frohe Kunde zu bringen.

»Ich habe die Königstochter für dich gefreit! Sei also bereit, wir brechen zu deiner Hochzeit auf!«

»Möge dein Haus einstürzen, du Fuchs! Was hast du bloß angestellt?« fragte der Müller erschrocken. »Wer bin ich schon, dass ich eine Königstochter heirate? Ich besitze weder ein Einkommen, noch Haus und Bleibe. Nicht einmal anständige Kleider besitze ich. Was soll ich bloß tun?«

»Hab keine Angst! Ich werde alles besorgen«, beruhigte ihn der Fuchs und lief flinkbeinig zum Königshof zurück. Mit Geschrei und Hilferufen stürzt er in den Hof:

»König Tschach-Tschach war schon auf dem Weg zur Hochzeit, als ihn feindliche Kräfte angriffen, seine Männer töteten und alles raubten. Er selbst konnte sich nur mit knapper Not retten. Im Tal steht eine Mühle. Dort befindet er sich zurzeit. Mich schickte er, um auszurichten, dass er Kleider braucht, um zu heiraten und danach den Feind anzugreifen«, berichtete er dem König.

Der König tat, wie der Fuchs verlangt hatte und entsandte auch viele Reiter, um König Tschach-Tschach in Ehren zum Hof zu geleiten. Feierlich ziehen der Fuchs und das Gefolge zum Eingang der Mühle, sie ziehen dem Müller den Kittel aus und der Müller legt das königliche Gewand an und steigt zu Pferd. Umgeben von Würdenträgern, geleitet von Reitern und gefolgt von Reitern zieht er feierlich hoch zu Ross zum Hof. In seinem ganzen Leben war er noch nie am Hof gewesen. Erstaunt klappt er den Mund auf, schaut in alle vier Himmelsrichtungen und wundert sich über sein Gewand.

»Wieso schaut er denn wie ein Emporkömmling hin und her, Bruder Fuchs?« fragt ihn der König. »Mir kommt es so vor, als habe er noch nie einen Hof oder prächtige Gewänder gesehen.«

»Nein, so verhält es sich keineswegs«, erwiderte der Fuchs. »Tschach-Tschach vergleicht nur seinen Besitz mit dem, was er hier erblickt.«

Sie setzen sich zu Tisch, es werden Speisen vielerlei Art aufgetragen, und der Müller weiß nicht, welche er anfassen und wie er essen soll.

»Warum isst er denn nicht, Bruder Fuchs?« fragt ihn der König.

»Er denkt daran, wie er unterwegs ausgeraubt wurde. Ihr könnt euch nicht vorstellen, Herr, was alles geraubt wurde. Das ist eine große Schande für unser Königreich. Wie soll da unser Herrscher seelenruhig speisen?« erwiderte seufzend der Fuchs.

»Nun, keine Ursache, keine Sorge. Lieber Bräutigam, so ist das Leben. Solche Dinge geschehen eben«, lenkte der König ein. »Jetzt aber feiern wir Hochzeit, wir wollen feiern und uns freuen!«

Sie feiern, sie essen, sie trinken, sie spielen und tanzen sieben Tage und sieben Nächte, und der Fuchs tritt bei der Hochzeit als Trauzeuge auf. Nach dem Fest übereignet der König seiner Tochter eine große Mitgift, und feierlich schickt er die beiden heim in das Reich des Königs Tschach-Tschach.

»Ich will vorauseilen, um alles vorzubereiten«, sprach der Fuchs und beeilte sich. Unterwegs erblickt er eine große Rinderherde auf der Weide.

»Wem gehören die denn?« fragt der Fuchs.

»Dem Scha-mar!«

Das war ein habgieriger, böser Mensch.

»O, erwähnt nicht mehr den Namen Scha-mar! Der König ist sehr zornig auf ihn und folgt mir mit einem gewaltigen Heer. Wer auch immer den Namen Scha-mar ausspricht, wird enthauptet. Wenn man euch fragt, wem die Herde gehört, so antwortet: Dem König Tschach-Tschach!«

Und der Fuchs eilte weiter. Beim nächsten Mal erblickt er eine Schafherde, die einen ganzen Berghang bedeckt.

»Wem gehört sie?«

»Dem Scha-mar!«

Der Fuchs erzählt nun den Hirten das Nämliche. Er eilt noch weiter und erblickt unterwegs ausgedehnte Felder, auf denen Schnitter mähen.

»Wem gehören die Felder?«

»Dem Scha-mar!«

Wieder erteilt der Fuchs den Schnittern seinen Rat, und ebenso allen übrigen, die er unterwegs trifft. Schließlich erreicht er den Palast des Scha-mar und ruft schon von weitem:

»Scha-mar, hallo! Scha-mar! Möge dein Haus blühen! Was sitzt du so unbekümmert herum? Der König ist erzürnt über dich und hat ein gewaltiges Heer entsandt, um dich zu töten, deinen Palast dem Erdboden gleichzumachen und all deinen Besitz zu beschlagnahmen. Ich habe einmal ein Küken bei dir gespeist, darum fühle ich mich verpflichtet, dich zu warnen. Beeil dich, bevor der König eintrifft!«

»Was aber soll ich tun, wohin mich wenden?« fragte erschrocken der Scha-mar und erkennt, dass sich tatsächlich der König nähert, denn der Staub stieg bis zum Himmel auf.

»Flieh von hier, reite fort, soweit du kannst, verlass das Land, ohne dich umzuwenden!«

Scha-mar sprengte auf seinem besten Pferd davon und verließ fluchtartig das Land.

Kurz darauf erreichten die Hochzeiter den Palast, mit Posaunen und Trommeln, mit Gesang und bewaffneten Soldaten, die salutierten. König Tschach-Tschach und seine Gemahlin fuhren in einer goldenen Kutsche und ihnen folgten unzählige Reiter. Sie kamen an einem Feld vorbei, auf dem eine große Herde weidete.

»Wessen Herde ist das?« fragten die Reiter.

»Die Herde des Tschach-Tschach!«

Sie ziehen weiter und treffen die Schafherden, die die Berge bedecken.

»Und wem gehören die da?« fragen die Reiter.

»Dem König Tschach-Tschach!« antworten die Hirten. Sie gelangen nun zu den unendlich weiten Feldern voller Frucht:

»Wem gehören die Felder?«

»Dem König Tschach-Tschach!«

Die Reiter erreichen die Schnitter.

»Für wen mäht ihr?«

»Für König Tschach-Tschach!«

Alle verwunderten sich, der König Tschach-Tschach selbst aber ist kurz davor, den Verstand zu verlieren. So erreichen sie schließlich Scha-mars Palast. Hier ist Gevatter Fuchs bereits Herr der Lage geworden und trifft seine Anordnungen. Er empfängt die Verwandten der Braut, und erneut beginnt eine Feier. Nach sieben Tagen und sieben Nächten Fest und Feier kehren die Verwandten heim. Der König Tschach-Tschach, seine Gemahlin und der Fuchs leben in den Palästen des Scha-mar, und der erschrockene Scha-mar ist noch immer auf der Flucht vor dem König.

Anmerkungen

1   Das Vierte Ökumenische Konzil regelte 451 in Chalke-
     don (Chalcedon) den Streit um Verbindung der göttlichen
     und menschlichen Natur Christi „aus" oder „in" einer
     Person – auch Naturen- oder christologischer Streit – im
     Interesse der regionalen Vormacht Byzanz. Das in diesem
     Sinne festgelegte chalkedonenische Glaubensbekenntnis
     zu den beiden Naturen Christi „unvermischt, ungewan-
     delt, ungetrennt, ungesondert", jedoch in einer Person
     vereint spaltete die östliche Christenheit. Der syrisch-or-
     thodoxen Kirche folgend, gehört die Rechtgläubige (Or-
     thodoxe) Armenisch-Apostolische Kirche zur Gruppe der
     vor-chalcedonensischen oder altorientalischen Kirchen,
     die das Chalcedonense verwarf. Über die Beibehaltung
     dieser Position, die die Armenier in der Ökumene und vor
     allem gegenüber Byzanz isolierte, gab es in den folgenden
     Jahrhunderten immer wieder Auseinandersetzungen.

2   z.B. die Fabel *Die Löwin und die Füchsin*

3   Unter dem Einfluss der Lehren des „Erzketzers" Markion
     von Sinope (um 95-165) begründeten Ende des 5. Jahr-
     hunderts die Brüder Paulos und Johannes aus der Gegend
     von Samosata am Euphrat die in Syrien und Armenien
     verbreitete antihierarchische Bewegung der Paulikianer.
     Angesichts der schon früh einsetzenden Verfolgungen
     durch den orthodoxen Klerus und die byzantinischen
     Kaiser distanzierten sich die die Paulikianer bei Verhören
     jedoch von Elementen ihren gnostischen Wurzeln und
     behaupteten mit großer Überzeugungskraft, die einzige
     Quelle ihres Glaubens seien die Evangelien – von denen
     sie später zwei verwarfen – sowie die Paulusbriefe. Wie die
     Markioniten verwarfen sie das Alte Testament, die Sakra-
     mente, das Priestertum sowie die Verehrung von Bildern

und Zeichen einschließlich des Kreuzes, ferner die Lehre vom ewigen Leben und vom Jüngsten Gericht sowie den Marienkult.

4 Anfang des 9. Jahrhunderts scharten sich versprengte Paulikianer in dem Dorf Tondrak im Nordwesten des Wansees um den vielseitig gebildeten Priester Smbat Sarehawanzi, der zum Begründer einer sich rasch über ganz Armenien verbreitenden Nachfolgebewegung wurde. Auch die T(h)ondraken verwarfen die Lehre von der Unsterblichkeit der Seele. Sie glaubten an die Gleichheit aller Menschen einschließlich der Geschlechter. Hatten sich die Tondraken anfangs im Wesentlichen gegen armenische Feudalherren aufgelehnt, kam es im zweiten Viertel des 11. Jahrhunderts zu einer direkten Konfrontation mit der Hegemonialmacht Byzanz, als dieses große Teile Armeniens zu annektieren begann. Wenngleich die schlecht bewaffneten und organisierten Bauern der regulären byzantinischen Armee auf Dauer nicht standzuhalten vermochten, so pflanzte sich der Geist des religiösen und sozialen Aufruhrs in der im 11. und 12. Jh. in Südarmenien, Kilikien und Mesopotamien verbreiteten Häretikerbewegung der *Arewordik* („Sonnenkinder") fort. Ihre Lehre vereinte vorchristliche armenische mit masdaistischen Glaubenselementen.

5 Vardan Aygekc'i: Aġvesagirkʻ. Yerevan: Hayrapethrat, 1955 [mit e. Einf. von A. Bakownc']. Fremdsprachige Ausgaben: Mkhithar Goš, Choix de fables, Fr. Macler, Paris 1902. – Vardan, Choix de fables. Paris: J. Saint-Martin, 1825 ; Orbeli, I.: Basni srednevekovoj Armenii. Moskva-Leningrad 1956; Sargsyan, R.; Voskanyan: Vardan Aygekc'i: Aġvesa girkʻ. Erevan 1981 [arm. u. russ.]

6 Arm. *Gampr* - Wolfshund

7 Verkürzte Fassung

8 Gemeint sind die Einwohner des kaukasischen Albanien. Dieser von armenischen Missionaren christiani-
sierte Staat befand sich auf dem Territorium des heutigen Aserbaidschan. Seine Einwohner gingen teils in
den christlichen Armeniern Arzachs (Karabachs) auf,
teils in den islamisierten und ab dem 11. Jahrhundert
türkisierten Aseris.

9 Mesrop Maschtoz (361/2-440): armenischer Mönch und
vormaliger Hofsekretär, der um das Jahr 405 die Buchstaben des armenischen Nationalalphabets entwarf und
anschließend mit seinen Schülern die gesamte Bibel ins
Armenische übersetzte. Damit löste zugleich Armenisch
die bisherigen Kanzelsprachen Griechisch und Aramä-
isch ab und verhalf damit dem Christentum, zur Volks-
religion zu werden. Zugleich wurden der religiöse und
kulturelle Einfluss des zoroastrischen Iran im Osten sowie
im Westen der Einfluss von Byzanz zurückgedrängt. Mesrop wurde für seine folgenreiche Kulturleistung von der
armenischen Kirche heiliggesprochen.

10 Die *Dews* gehören zu den bösartigen Dämonen der Fins-
ternis. Im armenischen Volksglauben treten sie oft als
ungeschlachte, menschengestaltige Berggeister auf. Trotz
ihrer Stärke sind sie jedoch täppisch und werden stets vom
Held der Märchen besiegt.

11 Feuer- bzw. Lichtwesen verkörpern im armenischen
Volksglauben das Gute. Zu dieser Gruppe gehören auch
die Feuerpferde. Als Begleiter der Gewitterheroen und –
heroiden verfügen sie über übernatürliche Kräfte, können
sich in die Lüfte erheben und besitzen die Gabe mensch-
licher Sprache.

12 Sammelbegriff im Russischen Reich für turksprachige
Muslime

13 Es handelt sich um die Märchen *Der Lügner, Der Bruder*

Beil, Jäger Lügenmaul, Kikos' Tod und *Das Märchen vom Pechvogel Panos.*

14 Tumanjan, Howhannes: Armenische Märchen. Hg. von Henrik Igitjan. Übers. aus dem Armenischen von Gerayer Koutcharian und Tessa Hofmann. Jerewan: Verlag „Tigran Mets"; Nationales Ästhetikzentrum, 2002

15 Die armenische Währung, abgeleitet vom griechischen Wort Drachme; allgemein in der Bedeutung „Geld"

16 *Massis*: Armenische Bezeichnung für den Großen Ararat.

17 Dschura (pers. Dschulfa) ist die Hauptstadt der altarmenischen Region Nachitschewan. Als in den iranisch-osmanischen Vormachtkämpfen dem Befehlshaber des Schah Abbas I. 1603 der Versuch misslang, die Stadt Wan (türk. Van) einzunehmen, ließ er die umliegende Region verwüsten und die Bevölkerung weitgehend massakrieren; 23000 Armenier wurden jedoch samt ihrem Vieh nach Isfahan und Kaschan deportiert; ähnlich ging General Allahwerdi gegen die Bevölkerung der von den Osmanen besetzten Stadt Jerewan vor, als ihm dort die Rückeroberung gelang. Auch die Bevölkerung Nachitschewans wurde vertrieben. Nach unterschiedlichen Quellen ließ Allahwerdi im Februar 1604 zwischen 50000 und 100000 Armenier in die inneren Provinzen Irans treiben, wobei etwa ein Fünftel der Deportierten in den reißenden, eisig kalten Fluten des Grenzflusses Arax ertrank. Die Überlebenden ließ Schah Abbas I. bei seiner Residenzstadt Isfahan in einer eigenen Ortschaft ansiedeln, die zur Erinnerung an den Herkunftsort den Namen Nor Dschura („Neu-Dschura"; Dschulfa) erhielt.

18 Aus Holz gedrechselte Trichter- oder Kegeloboe

19 *Lawasch* - dünnes, im Lehmofen (*tonir*) gebackenes Fladenbrot